CATALOGUE

DES

OBJETS D'ART ANCIENS

PROVENANT DE LA COLLECTION DE

Feu M. GAUDCHAUX PICARD

COMPRENANT

ARGENTERIE ANCIENNE
DE DIVERSES ÉPOQUES

DONT TRÈS BELLE SOUPIÈRE DE L'ÉPOQUE LOUIS XV

BRONZES D'ART ET D'AMEUBLEMENT
BOIS SCULPTÉS, MEUBLES, FERRONNERIE

PORCELAINES ANCIENNES

De la Chine, du Japon, de Saxe, de Sèvres et quantité d'autres fabriques

---

BELLE RÉUNION
De Faïences anciennes à reliefs

Animaux, Fruits, Légumes et Fleurs, Terres de Lorraine, de Cyfflé, Biscuits de Niederviller

---

TABLEAUX ANCIENS, MINIATURES, GRAVURES, DESSINS

Dont la Vente aura lieu

Le Lundi 9 Juin 1890 et jours suivants, à deux heures précises

A NANCY, 5, Rue du Montet

Mᵉ LANNE	Mᵉ E. GANDOUIN
Commissaire-priseur	**Expert**
Passage du Casino, à Nancy	31, rue des Saints-Pères, à Paris et Hôtel de l'Europe, à Nancy

CHEZ LESQUELS SE DISTRIBUE LE CATALOGUE

EXPOSITIONS { Particulière du 2 au 7 juin, de deux heures à six heures.
Publique le dimanche 8 juin, de une heure à six heures.

ORDRE DES VACATIONS

Lundi	9 Juin.	—	Nº 1 à 153.
Mardi	10	—	Nº 154 à 305.
Mercredi	11	—	Nº 306 à 450.
Jeudi	12	—	Nº 451 à 600.
Vendredi	13	—	Nº 601 à 750.
Samedi	14	—	Nº 751 à 900.
Lundi	16	—	Nº 901 à 1050.
Mardi	17	—	Nº 1051 à 1300.
Mercredi	18	—	Nº 1301 à la fin et jours suivants s'il y a lieu.

CATALOGUE

DES

OBJETS D'ART

Anciens

SUCCESSION DE

Feu M. GAUDCHAUX PICARD

—

2 JUIN 1890

—

NANCY

IMPRIMERIE NOUVELLE, 15, RUE DE SERRE

—

1890

CONDITIONS DE LA VENTE

Elle aura lieu au comptant.

Les acquéreurs payeront 5 p. 0[0, applicables aux frais.

L'expert chargé de la vente se réserve la faculté de réunir ou diviser les lots.

L'ordre numérique ne sera suivi à aucune vacation.

En cas de contestation sur une enchère, l'objet sera remis immédiatement en vente.

L'enlèvement des objets et leur livraison aura lieu le lendemain de chaque vacation de 9 heures à 11 h. 1[2.

L'exposition mettant le public à même de se rendre compte des objets exposés, il ne sera admis aucune réclamation après l'adjudication.

M. Gandouin, expert chargé de la vente, remplira les commissions des personnes qui ne pourraient y assister.

LE CATALOGUE SE DISTRIBUE :

Amiens.	Chez	M. Lefèvre, antiquaire, rue Gresset.
Amsterdam.	—	M. Goudstikker, 49, Kalverstrat.
Arras.	—	M. Cossiau, antiquaire, rue des Trois-Faucilles.
Auxerre.	—	M. Courtet, antiquaire.
Beauvais.	—	M. Delafosse, antiquaire.
Bruxelles.	—	M. Lampe, expert du Musée Royal.
Lahaye.	—	M. Saarling, Spuistrat.
Lille.	—	M. Carlier, 7, rue Esquermoise.
Lunéville.	—	M. , commissaire-priseur.
Nancy.	—	MM. Lévy et Hemmerdinger, 55, rue des Dominicains.
Paris.	—	M. Gandouin, expert, 31, rue des Saints-Pères.
Reims.	—	M. Mongenot, antiquaire.
Rouen.	—	M. Lefrançois, 46, rue d'Amiens.
Toul.	—	M. , commissaire-priseur.
Tonnerre.	—	M. Stire, antiquaire.
Troyes.	—	M. Plivard, commissaire-priseur, 134, rue Thiers.
Versailles.	—	M. Guillain, 3, place Hoche.

DÉSIGNATION

ARGENTERIE

1. — **Soupière, Plateau** et **Cuillère** à potage, en argent ciselé, de l'époque Louis XV. Le plateau, de forme ovale contournée, est ciselé et gravé dans la masse, orné de rinceaux-fleurs en reliefs et de deux anses détachées. Il porte les monogrammes G. B. et un poinçon, la lettre H surmontée d'un arbrisseau. La soupière, d'une forme très élégante, d'un fort beau travail, ainsi que le couvercle; est orné de rinceaux rocailles et fleurs, repoussée et ciselée. Le bouton du couvercle est surmonté d'une branche d'arbre sur laquelle sont perchées deux colombes. L'intérieur de la soupière et de la cuillère est doré. Travail de l'époque Louis XV.

Poids : 3^k,390 gr.

2. — Grand et beau **Calice**, repoussé, ciselé et doré ; il est orné, sur le couvercle, de rinceaux et de bas-reliefs, représentant des jeux d'enfants. Il est surmonté d'une statuette d'un roi barbare. Le calice, ainsi que sa panse, est décoré de bas-reliefs représentant diverses scènes héroïques. Le pied est décoré, ainsi que le couvercle, de trois bas-

reliefs. Jeux d'enfants. Travail dans le style du xvie siècle. Un poinçon porte la signature NOACK.

Poids : 970 grammes.

3. — **Plateau** rectangulaire. Travail repercé et ciselé, contenant six pièces de monnaies à l'effigie de *C. Petrus in liv. curi, cl. Semgal Dux* (au revers 1780).

Poids : 720 grammes.

4. — **Corbeille.** Travail au filigrane (époque du premier Empire).

Poids : 441 grammes.

5. — Autre du même travail (époque et poids).

6. — **Aiguière** et **Cuvette** dorées (époque du premier Empire). Pièce d'une forme très élégante, l'anse torsée est attachée à la panse par des têtes d'animaux chimériques. La panse est chargée d'une zone de rinceaux gravée.

Poids : 627 grammes, l'aiguière ; 535 grammes la cuvette.

7. — **Calice, Couvert,** de forme piriforme, repoussé et doré, travail du xviie siècle. Le couvercle est surmonté d'une statuette représentant l'*Abon-dance*.

Poids : 400 grammes.

8. — **Petite Coupe** à deux anses, repoussée et ciselée (époque Louis XIV).

Poids : 131 grammes.

9. — **Coupe** ovale, repoussée, ciselée et parties dorées (travail époque Louis XIV).

Poids : 97 grammes.

10. — Deux **Coupes** ovales, travail repoussé. Au fond, un dindon, parties dorées.

Poids : 232 grammes, les deux.

11. — **Coupe** ovale, de style Louis XIII, travail repoussé. Au fond, Amour sur un Hippogriffe.

Poids : 98 grammes.

12. — **Petite Coupe** ovale, repoussée, avec parties dorées.

> Poids : 60 grammes.

13. — **Boîte** pomiforme à une anse, s'ouvrant d'une façon verticale ; travail repoussé, guirlandes et médaillons (époque Louis XVI). Cet objet servait à mettre l'écheveau à tricoter.

> Poids : 98 grammes.

14. — **Bas-relief,** découpé et repoussé, représentant la Vierge et sainte Anne (travail de l'époque Louis XIV).

> Poids : 45 grammes.

15. — **Bas-relief,** découpé et repoussé, représentant sainte Christine, travail du xviiie siècle, portant l'inscription *Christina Schrafs Dorothœ* (1761).

> Poids : 60 grammes.

16. — **Boîte** ronde, filigrane, travail gênois.

> Poids : 80 grammes.

17. — Petit **Pot à lait,** travail repoussé (ép. Louis XV).

> Poids : 75 grammes.

18. — **Verre** en forme de calice, doré, orné sur la panse d'une danse de nymphes (époque du premier Empire).

> Poids : 152 grammes.

19. — **Boîte** à mouches, travail repoussé, ornée de sujets champêtres (époque Louis XV).

> Poids : 72 grammes.

20. — **Sceau** de forme demi-sphérique, travail repoussé, ciselé (style Louis XIV).

> Poids : 495 grammes.

21. — Paire de **Flambeaux,** ciselés, repoussés, ornements rocaille (époque Louis XV).

> Poids : 1ᵏ,910 grammes.

22. — Belle **Coupe** de forme ovale, dorée, repoussée, ciselée, ainsi que le piedouche (travail de l'époque Louis XV).

> Poids : 602 grammes.

23. — **Coupe** ronde, demi sphérique, travail repoussé,
rinceaux et amours (époque Louis XIV).

Poids : 126 grammes.

24. — Petite **Tasse** mignonnette, forme ovale, travail repoussé (style Renaissance).

Poids : 35 grammes.

25. — Deux autres **Tasses** mignonnettes, forme ovale,
travail repoussé (style Louis XV).

Poids : 56 grammes.

26. — **Sucrier,** couvert, forme demi sphérique à godrons
et zone de fleurs, gravée (époque du premier
Empire).

Poids : 392 grammes.

27. — **Gobelet,** travail repoussé (époque Louis XV).

Poids : 88 grammes.

28. — Autre **Gobelet,** même époque, travail repoussé,
orné d'une figure d'Amour et d'un oiseau poin-
çonné (1756).

Poids : 85 grammes.

29. — **Timbale** dorée à facettes, zone gravée de palmettes
(époque du premier Empire).

Poids : 166 grammes.

30. — **Timbale** gravée, style rocaille, parties dorées.

Poids : 112 grammes.

31. — **Paire de Gobelets,** gravés et ciselés, parties dorées (époque Louis XIV).

Poids : 136 grammes.

32. — **Timbale** gravée.

Poids : 40 grammes.

33. — Jolie **Chocolatière** de l'époque Louis XV à trois
pieds, couvercle à bouton mobile, travail repoussé et ciselé, ornements rocaille.

Poids : 412 grammes (anse déduite).

34. — **Cafetière** de l'époque du Directoire.

Poids : 745 grammes (anse déduite).

35. — Petit **Pot à lait** (époque Louis XVI).

> Poids : 230 grammes (anse déduite).

36. — Très joli petit **Pot à lait** (époque du Directoire).

> Poids : 150 grammes.

37. — Petit **Pot à lait** (époque du Directoire).

> Poids : 192 grammes.

38. — Deux **Salières** et deux **Cuillères**, dorées, fondues et ciselées (style Louis XVI).

> Poids : 135 grammes.

39. — **Encrier,** travail repoussé et ciselé à guirlandes et parties ajourées (époque Louis XVI).

> Poids : 488 grammes.

40. — **Porte-Burettes** (huilier), repoussé et ciselé à balustres, orné de feuilles d'achante et guirlandes de roses, travail de l'époque Louis XVI.

> Poids : 570 grammes.

41. — **Porte-Burette** (huilier), repoussé et ciselé, modèle analogue à l'encrier n° 39, même époque.

> Poids : 395 grammes.

42. — Deux **Salières,** fondues, ciselées (ép. Louis XVI).

> Poids : 90 grammes.

43. — Deux **Cuillères** à fruits, repoussées et ciselées, travail de l'époque Louis XV.

> Poids : 40 grammes.

44. — **Candélabre,** fondu et ciselé, le pied orné de trois figures d'enfant, travail de l'époque Louis-Philippe.

> Poids : 4^k,600 grammes.

45. — **Soupière** ronde, style Louis XV, travail français, époque de 1850, signé Nicoud.

> Poids : 1^k,930 grammes.

45. — **Corbeille** à pain, découpée (époque Empire).

> Poids : 370 grammes.

47. — **Corbeille** à ouvrage, travail au filigrane.

Poids : 415 grammes.

48. — **Porte-mouchettes**, travail découpé et ciselé, (époque Louis XVIII).

Poids : 390 grammes.

49. — **Aiguière** et son plateau, forme antique à balustre évasé. La panse est décorée en haut relief d'enfants occupés à divers travaux. Le plateau gravé est orné de quatre têtes rayonnantes, des zones dorées et gravées, ornent le tour du vase et le plateau, travail de 1850.

Poids : 1ᵏ,225 grammes.

50. — **Couteau** et **Fourchettes**, fondus, ciselés avec parties dorées, style Renaissance, les hausses surmontées de statuettes.

Poids : 158 grammes.

51. — Huit petites **Cuillères**, dorées, ciselées (style Louis XIII).

Poids : 192 grammes.

52. — **Cuillère** à saupoudrer (époque Louis XVI).

53. — **Bas-Relief**, ovale, travail repoussé et ciselé, représentant Vulcain (époque Louis XIV).

54. — **Kinstein** de Strasbourg, haut relief, forme ronde représentant un cerf, marchant près d'un tronc d'arbre.

55. — **Couteau** du xviiᵉ siècle dont le manche représente un lion héraldique debout (manque l'armoirie).

56. — **Montre** de l'époque Louis XV à double boîtier, repoussé, représentant le sacrifice d'Abraham.

57. — **Boîte** ovale gravée de l'époque Louis XVI.

58. — **Tabatière** rectangulaire avec motifs épisode de course.

59. — Petite **Boîte** à pastilles, style Louis XV. — Petite **Tabatière** (époque Louis Philippe).

60. — **Montre** de Genève savonnette, gravée, pastorale, paysage *Roméo et Juliette.*

61. — **Tabatière** niellée; sujet : chevaux de course.

62. — **Tabatière,** style Louis XV, dorée, gravée. Le couvercle niellé est orné d'applications d'arabesques et de têtes de chérubins émaillés.

63. — *Sous ce numéro.* — Deux **Pièces** de monnaie montées en boutons (monnaie de la Corée, médaille de 1637, aux armes de Brabant). — **Médaille** argent, exposition de 1849, médailles campagne d'Italie, médailles de chapelet, deux médailles chinoises. — Diverses autres pièces.

64. — **Boîte** avec extrémités arrondies, niellée, trophées, instruments de musique.

65. — **Boîte** carrée, époque Louis XV, avec incrustations de nacre et argent gravées.

66. — **Étui** doré en forme de poisson, les yeux incrustés de grenat.

67. — **Étui** en filigrane, émaillé, travail chinois.

68. — **Étui** écaille, incrustations et moulures argent.

69. — **Paire de Paons** brûle-parfums, travail indien en filigrane.

Poids : 1^k155 grammes.

70. — **Coupe-Papier,** même travail que le précédent.

Poids : 32 grammes.

71. — **Reliquaire,** forme de cœur, en filigrane, travail gênois.

Poids : 42 grammes.

72. — **Agrafe,** filigrane, travail gênois, ornée de parties dorées et pierres de couleurs.

Poids : 125 grammes.

73. — Petite **Pièce de Canon. — Guitare.**

Poids : 33 grammes.

74. — Petite **Corbeille**, filigrane, travail gênois.

>Poids : 65 grammes

75. — **Oiseau** monté sur branche, placé sur un plateau, yeux en rubis.

>Poids : 103 grammes.

76. — **Étui** à ciseaux. — **Bonbonnière**, filigrane, ornée de cabochons et pierres de couleur.

>Poids : 45 grammes les deux.

77. — **Tirelire** dorée et gravée, avec son cadenas, époque de l'Empire.

>Poids : 86 grammes.

78. — Deux **Coquetiers**, époque Empire.

>Poids : 75 grammes.

79. — **Pipe**, époque Empire, tête de Minerve.

>Poids : 46 grammes

80. — **Pipe**, couvre-fourneau en forme de couronne.

>Poids : 105 grammes.

81. — Petit **Plateau**, filigrane, garni de cabochons en corail, travail gênois.

>Poids : 57 grammes.

82. — Deux **Salières**, forme coupe Louis XVI, intérieur doré.

>Poids : 86 grammes.

83. — Groupe **Danseurs de corde et Acrobates**.

>Poids : 81 grammes.

84. — **Lancier** et sa mule.

>Poids : 41 grammes.

85. — **Cachet-Statuette** du dieu Mars, doré et ciselé, garni de turquoises et cornaline.

86. — **Tire-bouchon**, époque Louis XV.

87. — Deux **Statuettes-Cachets**, Paillasse et Pitre.

>Poids : 21 grammes.

88. — Deux **Statuettes** : un Hercule, un Vendangeur.

>Poids : 52 grammes.

89. — **Statuette** sur Socle : la Force. — Petite **Voiture** avec personnage. — **Voiture** avec enfants. — Modèle de **Chariot** en cuivre. — **Boîte** ronde en argent. — **Agrafe**, fond doré, travail filigrané.

(Sera divisé.)

90. — **Couteau, Fourchette** et **Cuillère,** manches ciselés et dorés, avec bustes émaillés.

91. — **Panier** en filigrane tressé.

Poids : 86 grammes.

92. — **Porte-cigares** gravé, style Louis XV.

Poids : 64 grammes.

93. — **Pendeloque** chinoise repoussée et ciselée.

Poids : 30 grammes.

94. — **Cachet-Hibou,** repoussé et ciselé.

Poids : 50 grammes.

95. — Petite **Corbeille,** tortue et lézard.

Poids : 120 grammes.

96. — **Epingle** dorée dont la tête est une statuette de Napoléon Ier.

97. — Paire d'**Epinglettes** d'officier (époq. Louis XVIII), semées de fleurs de lys.

98. — **Etui** repoussé (époque Louis XVIII). — **Flèche-épingle** de coiffure, — Quatre **Porte-crayons.**

99. — **Lot de Jouets** : deux Tasses et Soucoupes ; — autre Tasse plus grande avec plateau ; — Aiguière et Plateau ; — Potiche ; — Pot à eau et Plateau ; Porte-cure-dents ; — Arrosoir ; — Cuillère.

100. — **Lot** comprenant : Tire-bouchon Louis XV ; — deux Porte-jupe ; — Pince à épiler ; — Porte-cigarettes.

101. — Six **Cuillères** vermeil.

Poids : 186 grammes.

102. — **Pince** à sucre dorée. — **Cuillère** niellée et dorée. — **Cuillère** à saupoudrer, filigrane doré.

> Poids : 106 grammes.

103. — **Pince** à sucre. — Quatre **Brochettes**.

> Poids : 155 grammes.

104. — Douze **Couteaux** vermeil (époque Louis XVI),
manches en bois rose.

105. — **Sonnette**, poignée en forme d'oiseau (époque
Empire).

> Poids : 130 grammes.

105 *bis*. — **Statuette**, divinité indienne (époque du
XVIe siècle).

106. — **Nécessaire** de fumeur avec éteignoir, etc.

> Poids : 200 grammes.

107. — **Fauteuil**, filigrane d'argent, avec figurine en
verre de Venise.

> Poids : 34 grammes.

108. — Six **Boîtes** à mouches (2 époque Louis XV, 2 ép.
Louis XVI, 2 époque Empire).

109. — Deux petits **Vases** Louis XIV.

110. — Deux **Boîtes** découpées et filigrane (ép. Empire).

111. — Trois **Pendeloques**, grappes de raisins. — **Etui** à
dé, forme ovoïde.

112. — Deux **Boîtes**, travail repoussé, forme coquille
(époque Louis XV).

113. — **Cachets**, dont deux avec attributs de tonnelier
(époque Louis XVI). — Une **Clef**.

114. —**Cachet**, monture en argent avec cachet acier aux
armes de France, portant comme inscription :
Bois de chauffage et Lumières d'Alsace (époq.
Louis XVI).

> Objet très rare.

115. — Lot de **Cachets** breloques de diverses époques,
dont un en forme de livre (8 pièces).

116. — Lot de six **Pièces**, breloques et épingles.

117. — Lot. **Corbeille**, chaîne de montre, chapeau de pipe, rond de serviette, briquet, etc.

118. — Deux **Salières**, verre monté en argent (époque Louis XVIII).

119. — Douze **Couverts** de table, style Louis XV.

Poids : 2^k170 grammes.

120. — Douze **Couverts,** douze couteaux à manche en argent.

Poids : 1^k660 grammes.

121. — **Cuillère** à potage. — **Cuillère** à ragoût — **Service** à découper.

Poids · 350 grammes.

122. — Trois **Cuillères** à ragoût.

Poids : 540 grammes.

123. — Treize **Couverts.**

Poids : 2^k115 grammes.

124. — Deux **Louches**

Poids : 510 grammes.

125. — Douze **Couverts** en vermeil.

Poids : 1^k,125 grammes.

126. — Douze **Cuillères** à café, vermeil.

Poids : 200 grammes.

127. — Vingt-quatre **Couteaux** de dessert, manches et lames en vermeil.

128. — Six **Cuillères** argent.

Poids : 140 grammes.

129. — Quinze **Cuillères** à café.

Poids : 310 grammes.

130. — **Pince** à asperges.

Poids : 215 grammes.

130 *bis*. — **Service** d'entremets.

131. — **Couteau** à glace.

132. — Douze petites **Cuillères** à œufs.

Poids : 210 grammes.

133. — Onze **Cuillères** à sel, de formes diverses.

Poids : 115 grammes,

134. — Quatre pièces d'**Entremets**, manche en ivoire.

135. — Dix-huit **Couteaux**, lames en vermeil, manches en ivoire.

136. — **Coquille-tabatière**, monture argent.

137. — Autre, montée en forme de crocodile.

138. — Deux autres, montées en salières.

139. — **Bas-relief** d'après Donatello. La Vierge et divers Saints galvanoplastie, argent.

140. — Grand et beau **Tableau** russe, de l'École de Moscou, avec plaque en argent, repoussé et ciselé, ne laissant voir que les carnations des personnages.

OBJETS HÉBRAIQUES

141. — **Lampe** à huit lumières, formant un monument avec tourelles, terrasse et plaque de fond, chargés de personnages, dont un fracturé (travail de l'époque Louis XV).

142. — **Reliquaire** hébraïque de l'époque Louis XV, composé d'ornements rocailles avec parties dorées. Au centre, inscription et au revers, les Tables de la Loi.

143. — Autre, analogue au précédent, mais de moins belle ornementation dorée.

144. — Autre, même époque, doré, orné sur la face de trois couronnes et d'inscriptions avec sujets gravés, représentant Moïse sauvé des Eaux.

145. — **Sceptre** avec bras indicateur pour la lecture de la Loi (époque Louis XVI).

146. — **Porte-lumière** sacré, à double griffe, avec boîte à encens (du temps de Louis XVI).

147. — **Brûle-encens** de l'époque Louis XVI, avec tourelles, drapeaux et parties filigranées.

148. — Autre, analogue au précédent, filigrané, travail vénitien (époque Louis XVI).

149. — Autre, plus grand que le précédent, filigrané, travail vénitien (époque Louis XVI).

150. — **Calice** hébraïque avec inscription (ép. Louis XV).

151. — Très jolie **Boîte** à encens, ciselée et dorée (époque Louis XIV).

152. — **Couronne**, fleurdelisée (époque Louis XIV).

153. — Autre **Couronne** (époque du premier Empire). Sous ce numéro seront vendus séparément : **Lustre** ancien Louis XIII en cuivre fondu. — — Lustre de style Louis XIII en cuivre fondu. Menguilo, Prière hébraïque relatant l'histoire d'Esther et d'Assuerus, sur vélin roulé dans un étui d'ivoire.

OBJETS DIVERS

OR, BIJOUX, MINIATURES, BOITES BRONZES, etc., etc.

154. — Très jolie **Montre** de l'époque Louis XVI, ciselée à deux ors avec jargons et peintures sur émail, offrande à l'Amour.

155. — **Montre** en or ciselée à deux tons avec perles fines et émail, représentant Paul Ier, Empereur

de Russie. La montre est Louis XVI et l'émail
de l'Empire.

156. — **Tabatière** de gilet, en or, gravée (ép. Louis XVIII).

Poids : 85 grammes.

157. — **Statuette équestre**, argent, ciselée et dorée
(travail du temps de Louis XIV).

158. — **Étui** en or (époque Louis XVIII).

Poids : 14 grammes.

159. — Paire de **Boucles d'oreille** en or (époque premier
Empire, forme gland).

Poids : 8 grammes.

160. — Paire de **Boucles d'oreille** créole (époque Empire).

Poids : 6 grammes.

161. — Autre paire en or, époque Empire, forme poire.

Poids : 6 grammes.

162. — Paire de **Boucles d'oreille**, or, émaillée (époque
Louis Philippe).

Poids : 8 grammes.

163. — **Face à main** doublé d'or, à deux tons. — **Lor-
gnon** argent.

164. — **Couteau** de l'époque Louis XVI, monture en
nacre, deux lames en or et acier.

165. — Paire de **Boucles d'oreille** or, créole, ronde, ornée
de pierres de couleurs. — Paire de **Boucles
d'oreille** or et filigrane. — Paire de **Pendeloques** or avec camée. — Petit **Médaillon** or.

166. — Quatre **Bagues** en or, une avec topaze, deux avec
inscriptions, une avec silhouette de l'époque
Louis XVI.

167. — Quatre autres, une avec topaze verte, une avec un
grenat, une avec lapis, une autre avec cornaline.

168. — Douze **Bagues**, diverses montures en or.

169. — Sept **Bagues** diverses et objets divers.

170. — Paire de **Boucles d'oreille**, monture en or. — **Bague** or. — Deux **Garnitures** de flacon or.

171. — Trois **Épingles** de cravates, or, garnies de perles fines, rubis et roses.

172. — Demi-boîtier de **Montre**, émaillé, or. — **Médaillon** avec portrait. — **Livre** breloque, argent. — **Porte-bouquet**, argent doré. — **Agrafe** de ceinturon et débris divers.

173. — Or. **Clef de montre.** — Quatre **Cachets**. — **Étui**. — **Breloques** diverses.

174. — **Bracelet** en argent doré, gravé et émaillé.

175. — **Bracelet** argent, avec parties émaillées, perles fines émeraudes et grenat.

176. — **Peigne** en écaille avec cabochons émaillés, travail hongrois.—Autre écaille et métal émaillé, travail suisse. — Autre en cuivre doré et corail (époque premier Empire. — Deux autres en corne fondue (époque de Charles X).

177. — Belle **Agrafe**, argent (époque Louis XVI).

Poids : 40 grammes.

178. — **Agrafe** de ceinturon, argent doré (ép. Louis XVI).

Poids : 35 grammes.

179. — **Agrafe**, argent filigrane.

Poids : 40 grammes.

180. — Deux **Agrafes** de livres, argent, ciselées (époque Louis XIV). — Six **Écussons** (ép. Louis XIV).

Poids : 60 grammes.

181. — Deux **Flacons**, dont un monture argent émaillé et l'autre ciselé et doré.

182. — Deux **Flacons**.

183. — Lot de **Boucles** en argent (époque Louis XVI). — **Boucles** en cuivre.—**Boucles** en acier (6 pièces)

184. — Lot. **Boucles** de ceintures. Croix et Strass maçonnique. Autre couverte de Strass. Châtelaine en cuivre émaillée et deux autres croix.

185. — Lot de **Boutons Dé**, et **Pierres** diverses.

186. — **Boucles d'oreilles** mosaïque, deux broches, deux boucles émaillées, médaillon et émail (8 pièces).

187. — Lot de **Camées** et médaillons, pendeloques émaillés, Nicolo et divers, dont deux montés en or.

1 88. — Argent. Six **Boucles**, six **Boutons**, **Broche**, **Epingle** à cheveux, **Bague** et objets divers.

189. — Lot d'objets divers, débris de **Bijoux** et matières diverses.

190. — Paire de **Boucles d'oreille**, or et pierre de couleur. — Paire de **Boucles d'oreille**, or génoise, perles fines et pierres de couleur.

191. — **Flacon**, monture en argent. — **Flacon**, monture en or, avec montre.

192. — **Porte-odeurs** en émail, garniture en argent (époque Louis XV).

193. — **Pendeloque** normande, avec roses. — **Bouton** orné de strass, deux chevaux en nacre sculpté, monture or. Poinçon et étui en nacre.

194. — **Collier** de coquillage, deux bracelets. Lot de perles. Chaîne et breloque, verre noir, croix, ceinture cuivre et lot de morceaux d'ambre.

195. — Vieux Venise. **Flacon** en forme de cœur, monture en argent (époque du XVIIe siècle).

196. — Petit **Livre**, monture en argent. *Proverbes et Psaumes*.

197. — Deux **Statuettes** avec socles en ambre.

198. — Petite **Lanterne**, cuivre doré, avec bouquet en filigrane, argent émaillé.

199. — **Tabatière** en écaille, monture or, avec mosaïque représentant le Panthéon de Rome.

200. — **Tabatière** ronde, écaille fondue avec incrustation d'or et d'argent, gravé (époque Louis XVI).

201. — Deux **Tabatières** rondes, écaille piqué d'or.

202. — **Tabatière** ovale, écaille, monture or, avec miniature portrait de femme (époque Louis XVI).

203. — **Boîte à mouches** à deux compartiments en écaille, avec incrustations or (époque Louis XVI).

204. — Quatre **Boîtes** ovales et rondes, en écaille, agathe et buis.

205. — **Boîte** ovale, bronze gravé et doré à deux ors (époque Louis XVI).

206. — Autre, de même époque et travail.

207. — **Boîte** à double compartiment, en agathe moussue, monture en bronze doré (époque Louis XV).

208. — **Étui** en cuivre, gravé et doré (époque Louis XVI). — **Croix** en cuivre, filigranée.

209. — **Montre**, boîtier cuivre, gravé et doré, avec émail de Genève (époque Louis XVI).

210. — Six **Statuettes** en bronze de diverses époques.

211. — **Statuette** amazone, bronze. — Deux **Sabots**, bronze doré. — Deux **Statuettes**, bronze doré. (5 pièces).

212. — Bronze argenté. **Bas-relief**, jeux d'enfants, cadre en bois sculpté.

213. — **Bas-relief** en cuivre argenté et doré, représentant S. A. Charles-Alexandre de Lorraine, *dit* le **duc** Charles, né en 1712, mort en 1780. Bas-relief très intéressant pour l'*Histoire de la Lorraine*.

214. — **Médaillon** en argent, repoussé, représentant Ferdinand III d'Autriche.

215. — Quatre **Appliques** porte-montres bronze du premier Empire.

216. — Deux **Aumonières**, velours brodé, semées de fleurs de lys (époque Louis XIV).

217. — Deux **Boîtes** à éponges, cuivre argenté (époque Louis XV).

218. — **Médaillon** cuivre argenté représentant l'ivresse de Silène (époque Louis XV).

219. — Jolie **Boîte** ronde, en paille (époque Louis XV).

220. — **Boîte** en paille tressée, garnie argent, travail chinois.

221. — **Boîte** vieux laque de Pékin, travail chinois.

222. — Petite **Boîte-coffret** en filigrane (ép. Louis XV).

223. — Petit **Coffret**, marqueterie de cuivre, écaille et étain (travail époque Louis XIV).

224. — **Boîte** anglaise, avec sujet en cire. Clarisse Harlowe.

225. — **Boîte** en buis, avec miniature portrait de femme (époque Louis XVI).

226. — **Boîte** ivoire, époque du premier Empire, avec miniature sur vélin (*Le Messager fidèle*).

227. — Deux autres **Boîtes** ivoire. Portraits homme et femme (époque Louis XVI).

228. — **Boîte** écaille, avec miniature, Amour.

229. — **Boîte** ovale, ivoire, avec min., portrait d'homme.

230. — Deux **Boîtes** ivoire, dont une avec miniature enfants.

231. — **Boîte** en pâte, avec peinture fixé, paysage et figures (époque Louis XVI).

232. — **Boîte** ronde, buis, avec portrait en biscuit, en relief.

233. — **Boîte** en émail de Saxe, paysage (fêlure).

234. — **Boîte** émail de Saxe, avec sujets dans le goût de Lancret ; à l'intérieur, le portrait de Frédéric II.

235. — Trois **Boîtes** chinoises.

236. — Deux **Mosaïques** rondes, temple de vertu et papillon.

237. — Bronze. **Statuette** Napoléon Ier.

238. — Bronze. Deux petits **Bustes**. Annette et Lubin (époque Louis XVI).

239. — Bronze. Petite **Statuette** Napoléon Ier.

240. — Bronze. **Statuette**. Brigand de la Loire.

241. — Bronze. Deux **Statuettes**. Garçon et jeune fille.

242. — Bronze. **Statuette**. Chèvre, par Mène.

243. — Bronze. **Chien** de chasse, par Mène.

244. — Bronze. **Chien** bouledogue.

245. — Bronze. Deux **Lévriers** couchés.

246. — Bronze. Deux **Statuettes** sur socle en bois.

247. — Bronze. **Statuette** de l'époque Louis XVI.

248. — Bronze. **Vache** couchée ; **Salamandre** ; **Chien** ; **Statuette** et **Écrevisse** en fonte.

249. — Bronze. **Porte-montre**, avec personnages grotesques.

250. — Bronze. **Statuette**. Joueur de cornemuse.

251. — Bronze. **Statuette**. Duc d'Angoulême, par Morel.

252. — Bronze. **Buste**. Paul II, empereur de Russie.

253. — Plomb. **Bas-relief**. Stéphane de Choiseul, signé : Fontaine, à Metz (1769).

254. — Plomb. **Bas-relief**. Louis de Conflans d'Armantières, signé : Fontaine (1769).

255. — Bronze. **Médaillon.** Stanislas, roi de Pologne, duc de Lorraine, signé : Lallemand.

256. — Bronze. **Bas-relief.** Frédéric II, signé : Maire.

257. — Bronze. **Médaillon.** Louis XVIII sur son trône, signé : Thiolier.

258. — Bronze. **Bas-relief.** Assassinat de Kléber.

259. — Bronze. **Sujet** allégorique.

260. — Bronze. **Médaille** allégorique de la République, par Evrard.

261. — Quartre **Bas-relief** en galvano-plastie.

262. — Bronze. **Statuette,** Fort de la Halle .

263. — Paire de **Vases,** ciselés et dorés, sur socle en marbre (époque du premier Empire).

264. — Bronze. Paire de **Flambeaux-Cassolettes,** cise - lés, socle en marbre griotte (époq. Louis XVI).

265. — Paire de **Flambeaux,** dorés et gravés (époque Louis XVI).

266. — Bronze doré et Marbre. **Pendule** à guirlandes et balustres et bas-relief joliment ciselé (époque Louis XVI).

267. — Bronze doré. Paire de **Flambeaux** redorés ; — **Bout de table** à trois lumières (ép. Louis XVI).

268. — Bronze doré. Très joli **Bougeoir** de l'époque Louis XVI, à cannelures torses et feuilles d'Achante.

269. — Bronze (époque Louis XV). **Bougeoir** rocaille. Très joli modèle.

270. — Bronze doré. **Bougeoir,** feuille de vigne (époque Charles X).

271. — Cuivre gravé. **Boîte** oblongue représentant la vue de Groningue.

272. — Cuivre gravé. Très jolie **Boîte** rectangulaire, ri-

chement ornée de rinceaux et sujets (époque Louis XIV). A l'intérieur, gravures diverses et sujets en argent découpé et gravé (époque Louis XV).

273. — Bronze. Paire d'**Appliques** à deux lumières (époque Louis XVI).

274. — Bronze. Paire de **Flambeaux**.
  Nota. — L'un de ces deux flambeaux est de l'époque Louis XV. Très beau modèle rocaille.

275. — Bronze. **Vache** couchée (époque Louis-Philippe).

276. — Bronze. Deux reproductions de l'**Obélisque de Louqsor**.

277. — Bronze et granit de Suède. **Obélisque** surmonté d'un aigle et orné de guirlandes dorées.

278. — Bronze doré. Six **Appliques** pour meubles (époque du premier Empire).

279. — Bronze doré. Paire de **Chenets** (ép. Louis XV). Motif rocaille, avec Renard pris au piège et Renard à l'affût.

280. — Bronze doré et corne verte. Très jolie **Pendule** de l'époque de la Régence, bien ciselée et dorée.

281. — Bronze doré. **Statuette** d'Amour provenant d'une pendule du premier Empire.

282. — Bronze doré et porcelaine ancienne de Chine. Paire de **Lampes** formée avec deux vases décorés polychrome à personnages (époque de Kien-Long). — Un **Vase** fêlé.

283. — Bronze doré. Belle **Montre de voiture** (époque Louis XV). Cette montre, avec cordon de tirage, servait en berline et en chaise à porteurs.

284. — Bronze. Paire de petits **Flambeaux** (époque Louis XVI).

285. — Bronze. **Chien** (époque Louis XV) sur socle en marbre.

286. — Bronze doré. Paire d'**Appliques** à deux lumières (époque Louis XVI), finement ciselées.

287. — Bronze doré. **Cartel** (époque Louis XVI). Modèle à guirlande de lauriers. Vase à têtes de bouc, bien ciselé.

288. — Cuivre doré. Paire de petits **Vases** (ép. Louis XV), motifs rocaille.

289. — Bronze doré et albâtre. **Suspension** sculptée, avec rose, chaîne et masque ciselés (époque du premier Empire).

290. — Bronze. Paire de **Chenets** (époque Louis XIV).

291. — Bronze doré et vernis Martin. Grande et belle **Pendule** de l'époque Louis XV, ornée de bronzes ciselés et de peintures à bouquets de fleurs. Mouvement signé Lécu le Jeune, à Paris.

292. — Bronze doré et argenté. **Coffret** avec bas-relief frises représentant un Triomphe.

293. — Bronze argenté. **Surtout** avec glaces, en trois pièces (époque Louis XV).

294. — Bronze argenté. **Surtout** de trois pièces à galerie (époque Louis XVI).

295. — Bronze doré. **Lustre** de style Louis XV, garni de cristaux.

296. — Bronze doré. Paire d'**Appliques** à une lumière (époque Louis XIV), redorées.

297. — Bronze et marbre. **Pendule** (époque Louis XVI) ornée de rinceaux, guirlandes de fleurs, chaînettes. Mouvement signé Verberie, à Paris.

298. — Marbre et bronze doré. Paire de **Candélabres** deux lumières. Sortant d'un vase trépied en marbre

bleu turquin (époque Louis XVI). Joli modèle d'une très belle exécution.

299. — Bronze doré. **Galerie** de foyer (époque du premier Empire).

300. — Bronze doré. Paire de **Flambeaux,** style rocaille (époque Louis-Philippe).

301. — Bronze et marbre. Deux petits **Médaillons** porte-montre avec profils. Voltaire et Rousseau.

302. — Bronze doré. Très belle paire de **Flambeaux** (époque du premier Empire), ornés de palmettes, animaux chimériques et cygnes.

303. — Bronze et émail. Paire de **Boutons** ovales, provenant d'une commande.

304. — Bronze doré. Paire de **Chenets** (ép. Louis XVI).

305. — Bronze doré. Paire de **Chenets,** rocaille.

306. — Bronze arg. **Porte-mouchettes** (ép. Louis XIV).

307. — Cuivre. **Lanterne** de poche en forme de livre (époque Louis XIV).

308. — Bronze argenté. Paire de **Ciseaux** dans une gaîne.

309. — Bronze argenté. Paire de **Porte-salière,** bout de table.

310. — Cuivre argenté. **Moutardier** (époque Louis XVI).

311. — **Pipe** opium, chinoise.

312. — Cuivre doré. **Pied** de calice (époque Louis XIII).

313. — Cuivre. **Double sablier.**

314. — Bronze argenté. Paire de **Flambeaux** (époque Louis XIV).

315. — Bronze argenté. Paire de **Flambeaux** (époque Louis XVI).

316. — Bronze argenté. **Surtout** à galerie, composé de trois pièces (époque Louis XVI).

317. — Bronze argenté. — **Coupe,** style de la Renaissance.

318. — Bronze argenté. Paire de **Flambeaux** (époque Louis XVI).

319. — Bronze argenté. Paire de **Flambeaux** (époque Louis XVI).

320. — Bronze doré. Garniture de cheminée. **Pendule** et **Candélabres** avec figures en bronze. **Patine,** médaille représentant la science et deux figures d'après Pigalle, Amour et Nymphe.

321. — Bronze doré et marbre divers. Deux petits **Vases** (époque Louis XVI sur socles).

322. — Bronze doré. Petit **Coffret,** forme pupitre, style Louis XVI.

323. — Bronze doré. **Encrier**, représentant Molière écrivant.

324. — Bronze et bronze doré. **Galerie** de foyer avec figures, enfants Bacchants.

325. — **Lustre** en bronze.

326. — Lot de **Médailles** de diverses époques.

327. — Cuivre repoussé. **Pied** de croix, repoussé et ciselé, travail moderne.

328. — Bronze. Deux petits **Lustres** appliques.

329. — Cuivre. **Boîte** ovale, gravée, travail hollandais.

330. — Cuivre argenté. **Plateau** rectangulaire.

331. — Cuivre argenté. Deux petits **Flambeaux** (époque Louis XVI).

332. — Cuivre argenté. **Pot à lait** (époque Empire).

333. — Cuivre argenté. **Coupe,** Salière, Bout de table, Porte-flacon, Service à salade, manches en argent.

334. — Cuivre argenté. **Porte-cigares,** Presse-papier.

335. — Cuivre argenté. **Gobelet,** chèvre.

336. — Sous ce numéro seront vendus par lots et séparé-
        ment des **Flambeaux,** de diverses époques, des
        cuivres et bronzes provenant de meubles de
        toutes époques, des cuivres et plaques provenant
        de harnais et costumes militaires.

IVOIRES

337. — Ivoire. Grande et belle **Pagode** à sept étages avec
        portique, terrasse et socle, travail sculpté et
        ajouré de la plus grande délicatesse, ornée de
        clochetons, clochettes, chaînes, arbres et per-
        sonnages, peints polychrome. Travail ancien
        chinois.

338. — Ivoire. **Cheval** de course.

339. — Ivoire. Deux **Statuettes,** frileux et cornemuseux
        (école de Callot).

340. — Ivoire. Deux **Statuettes,** formant pendant, Men-
        diant et Mendiante (école de Callot).

341. — Ivoire. **Statuette** art italien, Contrebandier (xviiie
        siècle).

342. — Ivoire. **Statuette** sculptée et peinte, Mendiant,
        par Brustamente.

343. — Ivoire. Groupe de **Mendiants** (école de Callot).

344. — Ivoire. — **Manche** de couteau (xviie siècle).

345. — **Gobelet** en forme de calice avec couvercle, épi-
        sode de chasse à l'ours , chevaux de course.

346. — Petit **Monument** découpé et sculpté, orné de cuivre piqué ; au centre, surmonté d'un vase, portrait de Paul Ier, travail russe d'Arkangel.

347. — Ivoire. — Bas-relief, **Chevaux** de course au patu-
rage.

348. — Ivoire. **Porte-cigares** avec Chevaux de course
au relais.

349. — Ivoire. **Porte-cigares**, fruits et fleurs (art. espa-
gnol).

350. — Ivoire. **Boîte** rectangulaire sculptée. bas-relief représentant des fruits.

351. — Ivoire et ébène. **Vase,** forme dite Médicis (époque
Louis XVI).

352. — Ivoire. Groupe de **Personnages** fracturés (époque
Louis XIII).

353. — Ivoire. Deux **Bustes** (époque Louis XIII).

354. — Ivoire. **Figurine** de femme et sainte Véronique.
Deux Statuettes (xvie siècle).

355. — Ivoire. **Joueuse** de guitare, statuette (époque
Louis XVI).

356. — Ivoire. **Buste** de femme (époque Louis XVI).

357. — Ivoire. **Bas-relief** repercé représentant le Bon Pas-
teur (époque Louis XIV.

358. — Ivoire. **Bas-relief** ajouré, Vaisseau, travail de
Dieppe, (époque Louis XVI).

359. — Ivoire. **Bas-relief,** travail analogue au précédent.
travail de Dieppe.

360. — Ivoire. **Profil** du roi Louis XVI, signé : Bout.

361. — Ivoire. Petit **Bas-relief.** Bacchante.

362. — Ivoire. **Buste** de femme (époque Louis XVI).

363. — Ivoire. Petite **Plaque** gravée, par Martinaz le
jeune (paysage).

364. — Ivoire. **Miroir** de style Renaissance, avec arabesques, animaux chimériques, bas-reliefs représentant l'Histoire de Diane. Au centre, miniature représentant Diane et ses nymphes. Au revers, bas-relief sculpté, représentant Diane au repos.

365. — Ivoire. Deux **Bas-reliefs** représentant Henri IV et Marie de Médicis.

366. — Ivoire. **Étui** sculpté. travail chinois.

367. — Ivoire. **Reliquaire** de poche, avec figure de saint Victor. — **Boîtes** en ivoire. — **Cercle** et **Manche** en ivoire.

368. — **Éventail** français, monture ivoire (ép. Louis XVI).

369. — Ivoire. Deux **Chiens** sur socle en corne de cerf.

370. — Ivoire. Paire de **Flambeaux** sculptés et corne de cerf.

371. — **Encrier**, travail analogue au numéro précédent.

372. — **Groupe** grotesque, ivoire et bois.

373. — **Cadre** en bois sculpté, avec parties peintes et dorées, contenant une plaque en faïence de Moustier. scène d'après Lancret. Six émaux du temps de Louis XVI, dont un avec attributs des trois ordres. et deux bas-reliefs en ivoire.

374. — **Boîte à miroir**, travail persan, ancien.

375. — **Email** lisse de Chine, quatre petits plateaux quadrangulaires. Sujets de personnages en polychrome.

376. — **Râpe** à tabac (époque Louis XIV), émail de Limoges représentant une scène galante (Restauration).

377. — **Émail** lisse de Chine, quatre figures découpées. décors polychrome.

378. — École française. Deux très beaux **Émaux** peints par Guérin, représentant deux bacchantes, cadres en or (époque Louis XVI).

379. — **Émail** lisse de la Chine. **Gobelet** porte-cigares (réparé).

380. — **Émail** cloisonné de la Chine. Paire de perdrix.

381. — Miniature école française, représentant des **Seigneurs** prenant un repas (époq. Louis XIII).

382, — Miniature à l'encre de Chine, représentant le **Buste** de Désilles avec légende (il s'est sacrifié pour ses amis et ses ennemis). Portrait très curieux intéressant l'Histoire de la ville de Nancy.

383. — Miniatures école française, **Napoléon I**er, Duc de Reischtadt et Marie-Louise (3 pièces).

384. — Miniature Giorgione, **Réunion** copiée d'après le musée du Louvre.

385. — Miniature école française, **Portraits** d'homme et de femme.

386. — Miniature école française, **Portraits** d'homme et enfant.

387. — Miniature école française, **Portrait** d'homme, cadre en bois sculpté (époque Louis XVI).

388. — Miniature école française, **Portrait** de femme.

389. — Miniature école française, **Portrait** d'homme.

390. — Miniature. **Buste** d'homme, cadre, cuivre repoussé.

391. — Miniature école française, deux **Portraits** de femme.

392. — Miniature d'après Gérard. **L'Amour**, peinture à l'huile.

393. — Miniature école française, **Portrait** d'homme, peinture à l'huile.

394. — Miniature école allemande, **Portraits** d'homme et de femme.

395. — Miniature école allem., deux **Portraits** d'homme et de femme.

396. — Miniature école flamande, deux **Scènes** de buveurs, d'après Teiners.

397. — Miniature école allem., deux **Portraits** d'homme.

398. — Miniature école française, deux **Portraits**, homme et femme.

399. — Miniature école française, **Courtisane**, velin (époque Louis XIV).

400. — Miniature école française ; **Femme**, emblème de l'amitié, cadre en acier.

401. — Miniature à l'aquarelle, **Pastorale**.

402. — Miniature école française, **Portrait** d'homme.

403. — Miniature école française, **Portrait** d'homme. coiffé d'un turban.

404. — Miniature école française, **Portrait** de femme, cadre en filigrane d'argent.

405. — Miniature. Fixé sous verre, les **Galants Chinois**.

406. — Miniature école française, **Portrait** de femme. (époque de 1830).

407. — Miniature école française, **Portrait** de femme (époque de 1830).

408. — Miniature école française, **Portrait** de Voltaire.

409. — Miniatnre école française, **La Cenci**.

410. — Miniature école française, **Portrait** de femme.

411. — Diverses **Miniatures**.

412. — Miniature école française, **Portrait** de femme (époque Louis XVI).

413. — Miniature. **Portrait** d'homme.

414. — Miniature école française, **Portrait** de femme.

415. — Miniature école française, **Portrait** de femme, cadre en filigrane d'argent.

416. — Miniature école française, deux **Portraits** de femme (époque Louis XVI).

417. — Miniature école française, deux **Portraits** de femme.

418. — Miniature école française, deux **Portraits** de femme et enfant.

419. — Miniature école française, **Portrait** de femme.

420. — Miniature école française, **Jeux** d'enfants, d'après Boucher.

421. — Miniature. Deux **Paysages**, gouache, par Louis Moreau.

422. — Miniature école française, **Offrande** à l'amour (grisaille). Louis XVI).

423. — Miniature école allemande. **Gouache,** vue prise à Ems.

424. — **Médaillon** paille, groupe personnages (Louis XVI).

425. — Peinture, vernis Martin. **Médaillon**, offrande à l'amour.

426. — Trois **Médaillons** en cheveux.

427. — Trois **Médaillons** cire, paysages (ép. Louis XVI).

428. — **Médaillon**, paysage, travail en cheveux.

429. — **Médaillon** en paille et papier (époque Louis XVI).

430. — Miniature. Douze **Boutons**, sujets allégoriques, petits cadres en bois sculpté à nœuds de rubans. Collection curieuse et rare (ép. Louis XVI).

FAIENCES

431. — Nevers ancien. Grande **Poule** couchée et poussins, décors polychrome (réparation).

432. — Delft ancien. **Beurrier**, décor au manganèse, couvercle surmonté d'un cygne (réparation).

433. — Vieux Delft. Deux **Beurriers** avec leurs plateaux. — **Brochets** dans des feuilles, décors polychrome, signé du monogramme **P**.

434. — Vieux Delft. **Dindons** formant terrine, décors polychrome (2 pièces).

435. — Vieux Delft. **Beurrier** dont le couvercle représente une sole, décors bleu, marque HOK.

436. — Vieux Delft. **Couvercle** de beurrier, cygne, décors au manganèse, marqué à la hache.

437. — Vieux Delft. **Oiseau** couché, décors polychrome.

438. — Vieux Delft. **Brochet**, décors polychrome, couvercle réparé.

439. — Vieux Bruxelles. **Truite**, décors polychrome, couvercle réparé.

440. — Vieux Clermont. **Perche**, décors polychrome.

441. — **Plateau** avec deux poissons, décors polychrome.

442. — Mayence. Deux **Terrines** à pâtés, avec leurs plateaux (Beccasine en relief), décors au manganèse (époque Louis XVI).

443. — Vieux Marseille. **Plat** d'asperges, portant une botte d'asperges, couvercle, décors polychrome au naturel.

444. — Marseille. **Botte** d'asperges, réparation au couvercle, décors polychrome.

445. — Marseille. **Botte** d'asperges à couvercle, décors polychrome.

446. — Marseille. **Botte** d'asperges, décors polychrome, manque le couvercle.

447. — Rubelles. **Choux-fleurs** formant terrine, décors polychrome au naturel.

448. — Marseille. **Escargot** avec couvercle, décors polychrome.

449. — Varages. **Melon** d'eau, dans un plateau de forme et de l'époque Louis XV, décors polychrome, couvercle réparé.

450. — Samadet. Deux **Coupes,** dont le pied est formé par un arbre dont les feuilles s'étalent sous la coupe, décors polychrome.

451. — Faïence ancienne; marque indéterminée. **Assiette** contenant en relief concombre, pomme, prunes, noix, raisins et fleurs, décors polychrome (égrenures).

452. — Vieux Marseille. **Plateau** contenant en relief des fleurs et un melon d'eau, décors au naturel. Signé : B. W.

453. — Faïence ancienne du Midi. **Plateau** contenant une pastèque.

454. — Monte-Lupo. **Plat** rond, contenant pommes, citron, raves et cornichons, décors polychrome.

455. — Sarreguemines. Petit **Plateau** ovale, contenant des tomates, décors au naturel (fracturé).

456. — Marseille. Très jolie **Assiette** contenant des quartiers d'artichauts en relief, peints au naturel.

457. — Même fabrique. **Plateau** contenant des raves, décors au naturel.

458. — Vieux Marseille. **Plat** creux, décors de bouquets en polychrome, et noix épluchées en relief.

459. — Faïence ancienne de Picardie. **Assiette** contenant
des noix (rapportés). — **Assiette** contenant des
cerises.

460. — Faïence ancienne. **Assiette** contenant des fraises
(rapportés).

461. — Marseille. **Plat** carré contenant des quartiers d'œufs
durs, peints au naturel.

462. — Vieux Marseille. **Plat** creux, décors polychrome,
olives en relief.

463. — Samadet. **Assiette,** décors polychrome, amandes
(rapportées).

464. — Vieux Bruxelles. **Plat** rond, contenant des pommes, décors au naturel (réparation).

465. — Vieux Delft. **Ravier** en forme de feuille, décors
au naturel.

466. — Vieux Delft. **Grappes** de raisin noir.

467. — Vieux Delft. **Grappes** de raisin blanc.

468. — Vieux Marseille. **Pomme,** décor au naturel.

469. — Vieux Delft. **Pomme** sur des feuilles, décors polychrome (Restauration).

470. — Vieux Delft. **Poire,** décor au naturel.

471. — Vieux Delft. **Pomme,** décor au naturel.

472. — Fabrique inconnue. Deux petits **Pains.**

473. — Morceau de **Saucisson,** marbre et bois.

474. — Morceau de **Fromage** de Gruyère et plusieurs
pommes de terre en silex.

475. — Vieux Marseille. **Corbeille** de fruits, décors polychrome. La vasque réparée.

476. — Vieux Marseille. Autre **Corbeille,** même exécution et décors, très belle qualité.

477. — Ancienne faïence française, marque indéterminée.

Deux **Corbeilles**, les couvercles, groupe de fruits peints au naturel, décors polychrome.

478. — Tours. **Botte** d'asperges, terre vernissée au naturel, formant pot à tabac.

479. — Delft ancien. **Tortue,** décors polychrome.

480. — Bruxelles. **Plat** contenant un homard, décors polychrome (fracturés).

481. — Faïence française. **Poule** debout, décors poly chrome.

482. — Faïence de Lorraine. **Plat** d'une très jolie forme, style rocaille, décors polychrome avec choux-fleurs en relief.

483. — Autre même fabrique.

484. — Faïence de Toscane. **Canard** formant soupière, décors polychrome.

485. — Faïence ancienne du Midi. **Plat** contenant un cygne en relief, formant terrine, décors poly-chrome.

486. — Vieux Marseille. Pièce de **Surtout** à cinq récipients, décors polychrome.

487. — Vieux Mayence. **Hure** de sanglier et son plat, décors polychrome. Pièce très importante marquée de la Roue et des lettres F. H.

488. — Vieux Moustier. **Soupière** à double paroi, l'extérieur réticulé, décors au manganèse. Très jolie pièce très rare.

489. — Vieux Milan. Deux **Assiettes**, décors polychrome, style chinois (fracturées).

490. — Faïence ancienne du Midi. **Sucrier** à saupoudrer.

491. — Faïence ancienne du Midi. **Pièce** analogue à la précédente.

492. — Vieux Pesaro. **Coupe,** décors fleurs polychrome, signée Jacques Borelly.

493. — Vieux Mayence. Grand **Plat** ovale, décors fleurs.

494. — Faïence ancienne française. Deux **Plats,** décors bleu.

495. — Vieux Moustier. **Plat** avec écrevisses rapportées.

496. — Delft ancien. **Chat** assis, décors jaune avec réserves ornées de bleu, patte droite fracturée.

497. — Delft. **Chat** jaune canari, décors analogues au précédent, signé du monogramme GR.

498. — Delft ancien. Deux **Chiens** assis, décors manganèse vert et bleu.

499. — Delft ancien. **Chat** assis, décors manganèse jaune et vert.

500. — Delft ancien. Paire de **Chevaux,** décors bleus (petite réparation).

501. — Delft ancien. Deux **Chevaux,** statuettes plus petites que les précédentes, décors jaune, noir et vert (marque à la hache).

502. — Delft ancien. **Perroquet** debout sur un tronc d'arbre, décors polychrome (marque G. K).

503. — Delft ancien. Deux **Oiseaux,** décors polychrome.

504. — Ancienne faïence allemande. **Oiseaux** des îles (réparé).

505. — Delft ancien. **Cygne** formant sifflet, décors bleus.

506. — Lunéville ancien. **Lion** couché mugissant, décors polychrome (légère réparation).

507. — Lunéville ancien. **Lion** couché, plus beau que le précédent.

508. — Lunéville ancien. **Lion** couché, pattes et museau peints au manganèse (très belle qualité).

509. — Faïence de Toul. **Sphinx,** femme couchée sur une volute, émail stanifère et manganèse (pièce très rare, fracture).

510. — Delft ancien. Groupe d'**Oiseaux** formant sifflets (réparé).

511. — Autre analogue au précédent (réparé).

512. — Faïence du Nord. — **Tirelire** avec oiseaux formant sifflet, décor polychrome (réparée).

513. — Delft ancien. Petite **Statuette** de cheval, décors polychrome et or à froid. Petite Vache couchée.

514. — Delft ancien. **Vache,** décor polychrome à froid avec Garçon de ferme (restauré).

515. — Autre analogue à la précédente.

516. — Delft ancien. Groupe **Vache** et **Marchand** de bestiaux, décors bleus (réparations aux cornes).

517. — Lunéville ancien. — **Statuette,** vieille Femme assise soufflant son gueux, beaux décors polychrome (exécution très fine).

518. — Delft ancien. **Enfant** assis dans une chaise, décor polychrome.

519. — Delft ancien. Groupe **Blanchisseuse,** décor polychrome.

520. — Delft ancien. **Enfant** assis dans un berceau, décors polychrome.

521. — Delft ancien. **Vase** et **Plateau,** décors jaune, bleu et rouge.

522. — Delft ancien. Petit **Personnage** assis sur un tonneau, décors polychrome. Le tonneau porte l'inscription (Root 1776).

523. — **Vase** à couvercle, double paroi réticulée, fleurs en relief.

524. — Ancien. Sept-Fontaines. **Porte-Bouquet**s à cinq ouvertures, décors bleus (réparé).

525. — Fayence du Nord. **Chat** assis, décors brun (manques d'émail).

526. — Urbino ancien. **Fontaine,** Enfant Bacchus à cheval sur un tonneau ; à double face, coiffé et tenant dans ses mains des feuilles et grappes de raisins. Le tonneau est daté 1571 (pièce importante et très rare). Cette gourde a des ouvertures pour laisser passer la corde destinée à la porter.

Hauteur : 45 centimètres.

527. — Faenza ancien. **Salière** en forme de table à arceaux, décors polychrome avec dessins Raphaëlesques (xvı[e] siècle).

528. — Faenza ancien. — **Gourde,** Enfant assis sur un dauphin, décors bleu et jaune (xvı[e] siècle).

529. — Urbino ancien. **Salière** triangulaire avec figures d'anges, décors vert et jaune (xvı[e] siècle, réparée).

530. — Delft ancien. **Portefaix** à genoux tenant sur ses épaules un ballot, décors polychrome (fracturé).

531. — Faïence de Naples. — Paire de **Flambeaux**, Enfants assis tenant une tulipe, décors polychrome.

532. — Niederviller ancien. Deux **Lions** debout, peints en naturel, terrasse entourée d'ornements dorés (époque Louis XVI, pièces rares, fêlure à une terrasse).

533. — Faïence ancienne des Abruzzes — **Salière,** Femme tenant devant elle un vase, décor polychrome (xvıı[e] siècle).

534. — Alcora. **Femme** debout, statuette formant bouteille, l'anse formée par un lézard, décors polychrome (époque 1825).

535. — Urbino. **Coupe** d'accouchée en terre gaufrée, au

fond Vénus couchée, décors polychrome (XVI°
siècle, pièce très rare).

536. — Nevers ancien. **Personnage** à cheval sur un tonneau (Garde française 1792), décors polychrome
(manques d'émail).

537. — Même fabrique. Autre **Personnage** à cheval sur
sur un tonneau (époque 1800).

538. — Même fabrique. **Femme** debout, cruche dite Jac-
queline (époque 1800).

539. — Burslem (Angleterre). **Cruche,** personnage tenant
un broc et buvant (époque 1790), décors polychrome (anse réparée.)

540. — Même fabrique. Petite **Statuette,** enfant tenant
une gerbe de blé.

541. — Fayence ancienne anglaise. **Statuette,** Berger ap-
puyé sur un tronc d'arbre, décors polychrome
(fracture au doigt).

542. — Même origine. **Chien** de garde debout.

543. — Faïence ancienne allemande. **Terrasse** ronde
avec tronc d'arbre, Berger et troupeaux de mou-
tons, terre émaillée (fracture).

544. — Sept-Fontaines. Deux **Bouquetières** à quatre ouvertures, forme de vase, décors bleu (époque
Louis XVI).

545. — Delft ancien. — **Cage** reliquaire, décors bleu avec
têtes d'anges, soleil, lune, étoiles ; signé au revers et daté de 1739 (objet très curieux).

546. — Lorraine. Ancien grand et beau **Vase** de pharma-
cie, avec anses torsées formées par deux serpents
enroulés, décors polychrome, de goût rocaille
(une anse réparée).

Hauteur : 35 centimètres.

547. — Même fabrique. Paire de **Vases** même qualité et

décors que le numéro précédent, les anses sont formées par des têtes de sphinx (réparation).

548. — Niederviller. Paire de **Verrières** Louis XV, riches décors polychrome (une réparée).

549. — Lunéville ancien. **Pot** à eau et Cuvette, beaux décors polychrome, fleurs et rocaille (fêlure au pot).

550. — Saint-Clément. Très belle paire de **Vases** (époque Louis XVI), avec guirlandes de fleurs, culot, piédouche à ornements en haut-relief, dorés, ainsi que les anses, formées par de belles têtes de satyres, fond marbré, quelques réparations.

Hauteur : 0,35,

551. — Faïence ancienne d'Allemagne. Groupe, **Sangliers** aux prises avec des chiens, décors au naturel (époque Louis XVI).

552. — Lorraine ancien ; Léopold, duc de Lorraine, **Statuette** pédestre sur socle, à ornements rocailles, chargée de la Croix de Lorraine, très beau décor polychrome (réparations).

Hauteur : 0,40.

553. — Faïence ancienne d'Allemagne, Groupe de personnages, **Berger** et **Bergère**, enfant et chien sur une terrasse marbrée, semée defleurs. Décors polychrome.

554. — Mayence imitation. Groupe de trois personnages, le **Cuvier**, décors polychrome (fracturé à la terrasse).

Hauteur : 0,30, largeur: 0,30.

555. — Faïence ancienne d'Allemagne. Groupe **Chasseurs** et **Bergère**, décors polychrome, (fracture).

556. — Beauvais ancien. **Vase** avec double paroi, réticulée, le couvercle surmonté d'un chien, émail vert.

557. — Nuremberg ancien. Deux petits **Lions** assis, émail brun.

558. — Même fabrique, **Lion** assis. Émail brun.

559. — Faïence française de Nîmes 1871, signé Gaidan. Groupe de **Nymphes**, près d'une source.

560. — Saint-Clément ancien. Très joli petit **Pot** à lait, orné en relief de fleurs et branchages ainsi que le couvercle, décors polychrome, restauration à la poignée.

561. — Même fabrique. **Cafetière**, même travail que le précédent, restauration à la gorge.

562. — Lunéville ancien. Deux **Boîtes** de toilette, décors polychrome (réparée).

563. — Saint-Clément ancien. Très jolie **Boîte** à éponge, décors polychrome et or, très belle qualité.

564. — Sarguemines ancien. Très joli petit **Vase** de goût, rocaille, émail blanc. Reparé au pied et au couvercle.

565. — Trévise ancien. Sept **Statuettes**, musiciens grotesques, émail blanc, chef d'orchestre, deux violonistes, contrebassiste, guitariste, et deux flûtistes (très rares).

566. — Choisy, ancien Deux **Personnages** grotesques, paillasse et batelier, décors polychrome (époque 1820), recollés.

567. — Lunéville ancien. **Statuette**, montreur de Marmottes (fractures).

568. — Lorraine ancien, **Jardinier**, décors polychrome, terrasse ronde (réparé).

569. — Faïence, même fabrique. Jeune **Femme** tenant un arrosoir (réparée).

570. — Saint-Clément ancien, **Statuette**, jeune Fille, la Cruche cassée.

571. — Saint-Clément ancien. **Fillette** lançant une balle,
     décors polychrome.

572. — Lorraine ancien. **Statuette**, marchande d'habits,
     ébrechée.

573. — Lunéville ancien, **Statuette**, Chasseresse (petite
     restauration à la main).

574. — Saint-Clément ancien. **Statuette**, chasseur et Cerf
     mort, décors polychrome et or, très belle qua-
     lité, fracture au chapeau.

575. — Lunéville ancien. **Statuette**, Baigneuse (répara-
     tion au bras).

576. — Lorraine ancien. **Jeune Femme,** statuette poly-
     chrome.

577. — Lorraine ancien. **Statuette**, Jeune Fille vendant
     des fleurs (réparation).

578. — Lorraine ancien. **Statuette**, Berger.

579. — Lorraine ancien. **Statuette**, Vieille Femme se
     chauffant.

580. — Saint-Clément ancien. **Statuette**, Amour jardi-
     nier (restauration).

581. — Lorraine ancien. **Statuette**, Amour artiste peintre
     (restauration).

582. — Lorraine ancien. **Statuette**, Petit Berger jouant
     du pipeau.

583. — Lorraine ancien. **Statuette**, Porte-Balle.

584. — Mayence ancien. **Statuette** chinoise.

585. — Mayence ancien. **Statuette**, Jeune Garçon jouant
     avec une chèvre.

586. — Mayence ancien. **Statuette**, Enfant en chemise
     (réparé).

587. — Mayence ancien. **Statuette**, Fillette à l'évantail.

588. — Mayence ancien. **Statuette**, Jeune Fille tenant un pigeon (restauré).

589. — Mayence ancien. **Statuette**, Berger (réparé).

590. — Lunéville ancien. **Gourde** à rubans tricolores, avec trophée de chasse (époq. premier Empire).

591. — Lunéville ancien. Deux **Bouquetières** à 3 ouvertures, décors polychrome, fleurs (égrenée).

592. — Strasbourg ancien. Deux petits **Pots** à pommade, décors polychrome, fleurs.

593. — Lunéville ancien. Très joli petit **Pot** à eau et plateau, décors polychrome et fleurs.

594. — Lunéville ancien. **Sucrier**, décors polychrome, fleurs (couvercle égrené).

595. — Lunéville ancien. Deux **Couvercles**, décors polychrome.

596. — Lunéville ancien. Joli **Couvercle** surmonté d'un Amour écrivant sur un livre, décors polychrome.

597. — Niederviller ancien. Deux petites **Jardinières** carrées, décors polychrome et fleurs.

598. — Bruxelles ancien. Deux **Jardinières** carrées, décors polychrome, fleurs (deux boutons recollés).

599. — Saint-Omer. **Statuette**, Fillette, émail blanc.

600. — Savone ancien. **Souliers**, décors bleu et jaune.

601. — Picardie ancien. Paire de **Sabots**, décor bleu.

602. — Faïence anglaise. **Amour**, décor au naturel.

603. — Nuremberg ancien. **Escargot**, émail brun.

604. — Faïence ancienne du Midi. **Porte-burettes** et ses burettes, décor fleurs.

605. — Sarreguemines ancien. Très joli **Vase** marbré, avec guirlandes, têtes de bouc et médaillons en reliefs blancs, anses fracturées.

606. — Choisy ancien. Deux petits **Bustes**, décors blanc.

607. — Niederviller ancien. **Sucrier** forme ovale (époque Louis XV).

608. — Lunéville ancien. Deux petites **Bouquetières** carrées, décors vert.

609. — Ancienne faïence française. **Vase** forme Médicis, décors polychrome, fleurs (réparé).

610. — Vieux Niederviller. Quatre **Tasses** et Soucoupes, décors polychrome, fleurs.

611. — Lunéville ancien. **Bouquetière** et Moutardier.

612. — Lunéville ancien. Deux **Consoles** à accrocher, décors poylchrome, fleurs monté rocailles.

613. — Lorraine. Trois petites **Consoles** à accrocher, décors polychrome (époque Louis XVI).

614. — Lunéville ancien. Deux petits **Vases** forme Médicis, décors polychrome, fleurs, une fracture au pied.

615. — Nevers ancien. Deux petits **Vases** forme cachepot, décors polychrome.

616. — Ancienne faïence du Midi (Varages). **Ecuelle**, décors polychrome, fleurs, couvercle fêlé.

617. — Mêmes fabriques. **Pot à eau.** — Deux petites **Marmites**, jouets.

618. — Nevers ancien. Deux **Cadres** glace-applique (époque Louis XV), ornements rocaille, décors à froid (une fracture).

619. — Picardie. Deux petites **Consoles** à accrocher, décors polychrome (époque Louis XVI).

620. — Faenza ancien. **Plat** à godrons, décors, cigogne, bleu et manganèse (réparé).

621. — Même fabrique. **Plat** godronné, au centre portrait d'un prince.

622. — Fabrique française moderne. Deux **Plats,** décors dans le goût de Rouen, portrait de Mme de Sévigné et d'un prince de Bourbon (un fêlé).

623. — Vieux Delft. Deux belles **Assiettes,** décors polychromes, dit à La Haie, marqué de Jansz van der Lanen, 1675 (fêlées).

624. — Vieux Delft. Très joli **Plateau** présentoir, forme de trèfle, décors bleu, marque d'Amiensie, van Kessel.

625. — Delft ancien. **Plat** analogue au précédent.

626. — Ancienne faïence d'Allemagne (Nuremberg). **Corbeille** hexagone, ajourée, décors bleu, femme donnant des fleurs (réparation).

627. — Delft ancien. Deux **Assiettes,** riches décors polychrome, femme représentant l'*Abondance* (une fêlée).

628. — Delft ancien. **Assiette,** décors polychrome, avec inscription.

629. — Rambervillers. **Assiette,** décors polychrome, corne d'abondance.

630. — Nevers ancien. **Plat,** décors polychrome, fleurs.

631. — Vieux Zurich. Deux **Assiettes,** décors polychrome, fraises et cerises.

632. — Delft ancien. **Plat** à caissons, décors bleu, sujets chinois (fêlé).

633. — Faïence ancienne du Midi. **Fontaine** à accrocher, décors polychrome (vasque réparée).

634. — Niederviller ancien. Très joli **Plateau** carré, décors vert de très belle qualité.

635. — Faïence ancienne française. Très joli **Plat** ovale Le Marli, chargé de fleurs en relief, et le fond de bouquets de fleurs polychrome.

636. — Ancienne faïence française. Deux grands **Plats** ovales à poissons (réparé).

637. — Barbizet. Grand **Plat** ovale avec poissons, insectes, lézards, serpents. etc., décors au naturel (genre de Palissy).

638. — Palissy (suite de). **Plat** ovale avec masques de têtes d'anges, émaux de couleur.

639. — Palissy (suite de). Petit **Plat** ovale, poissons, serpent, feuillage et divers, peint au naturel.

640. — Faïence ancienne du Midi. Grand **Plat** rectangulaire, extrémités arrondies, décors polychrome, fleurs.

641. — Faïence anglaise (époque de 1820). Six petites **Assiettes** à dessert, décors polychrome, fleurs et fonds, décors d'impression.

642. — Faïence de Marseille (imitation). **Plat** carré, décors polychrome, fleurs (fêlé).

643. — Strasbourg ancien. Grand **Plat** rond, décors polychrome, fleurs.

644. — Strasbourg ancien. **Plat** rond, décors fleurs.

645. — Marseille (imitation). **Pot** et Cuvette, décors polychrome, fleurs et armoiries de France.

646. — Delft ancien. Deux très belles **Assiettes**, décors bleu.

647. — Delft ancien. Belle **Plaque** ovale, décors bleu, sujet pastorale dans le goût de Lancret.

648. — Rambervillers. Cinq **Assiettes**, décors polychrome, châteaux, oiseaux et personnages.

649. — Delft ancien. **Plat** à godrons, décors bleu, paysage.

650. — Montereau ancien. Quatre petites **Soucoupes**, fond jaune, décors impression.

651. — Strasbourg et autres. Lot d'**Assiettes** diverses.

4

652. — Faïence ancienne allemande. **Encoignure.**

653. — Faïence allemande. **Pot** avec garniture en étain, décors rouges, paysage.

654. — Vieux Rouen. **Cornet** à surface côtelée, décors polychrome, personnages chinois.

655. — Même fabrique. **Vase** à panse bursaire, mêmes décors (fracturé).

656. — Faïence de Toul. Deux **Balustrades** et Couvercle, forme cygne, émail blanc.

PORCELAINES

657. — Grès de Chine flambé. Deux **Oiseaux** perchés sur des rochers.

658. — Biscuit ancien de Chine. **Coq** debout sur un rocher.

659. — Grès de Chine. **Éléphant** couché, émail flambé.

660. — Grès de Chine, de Finsen. **Palanquin** avec personnages.

661. — Grès de Chine, émail flambé. **Personnage** couché sur un bufle.

662. — Grès de Chine, de Finsen. Deux **Chiens**, assis et couché. — Souris et Chien de Fô. — Sanglier (fracturé).

663. — Vieux Chine. Deux petits **Bufles.**

664. — Vieux Chine. **Chatte,** décors rouges et noirs.

665. — Grès de Chine. **Statuette** de divinité, émail flambé, Chien de Fô couché.

666. — Biscuit émaillé vieux Chine. **Pou-taï.**

667. — Autre pareil au précédent.

668. — Vieux blanc de Chine, **Kouan-In**, femme, divinité chinoise.

669. — Vieux blanc de Chine. Deux **Statuettes**, Chéoulas et Kouan-In.

670. — Vieux Chine. **Scène** galante, deux personnages, décors polychrome.

671. — Vieux blanc de Chine. Deux grands **Chiens** de Fô formant pendant, terrasse peinte en noir.

672. — Vieux Japon. **Groupe**, Vieillard et Enfant (réparé).

673. — Vieux Japon. **Figure** de femme assise.

674. — Japon, fabrique de Nagasaki. **Cheval** couché.

675. — Même fabrique. Deux **Statuettes**, Femmes (une réparée).

676. — Chine. Deux **Statuettes** en vieux blanc. — Petit Tabouret de jardin, émaillé vert.

677. — Vieux Chine. Grand et beau **Groupe** en grès émaillé de Finsen, représentant une montagne rocheuse avec temple, habitation et ermitage, nombreux personnages.

678. — Vieux Chine. Deux **Statuettes** Enfants à genoux présentant un vase, décors polychrome.

679. — Vieux Chine. Deux petits **Coqs**.

680. — Chine. Paire de **Vases** craquelés.

681. — Vieille Inde. **Cruche** en forme de chope, décors rouges.

682. — Vieux Japon. **Fontaine** à couvercle, décors polychrome de couleurs.

683. — Japon. Grande **Aiguière**, dessin polychrome, monture en bronze.

684. — Vieux Japon. Deux belles **Potiches** couvertes, décors polychrome et or.

685. — Vieux Chine. Grand **Bol**, décors polychrome, personnages.

686. — Vieux Japon. **Bol**, décors polychrome, fleurs (fêlé).

687. — Chine. Deux **Vases** craquelés, décors de mandarins.

688. — Vieux Chine. Deux **Bols**, décors polychrome, fleurs (époque des Ming) (un fêlé).

689. — Vieux Japon. Deux **Cornets**, décors polychrome (réparés).

690. — Vieux Japon et vieux Chine. Deux **Cornets** (réparés).

691. — Vieil Inde. Deux **Cache-Pots**, décors motifs rocaille, décors polychrome (réparés).

692. — Deux jolis petits **Vases**, décors bleus (marque à la feuille).

693. — Vieux Chine. Petite **Bouteille** et **Sucrier**, décors bleus.

694. — Vieux Chine. **Sucrier**, décors bleus.

695. — Vieux Japon. Grande **Potiche** couverte, décors polychrome.

696. — Vieux Chine. Très grand **Plat** rond, décors bleus.

697. — Vieux Chine. Autre grand **Plat**, décors bleus (fêlé).

698. — Vieux Japon. Grand **Plat** rond, décors bleus et décors polychrome à froid (réparé).

699. — Vieux Chine. **Plat** rond, décors bleus.

700. — Vieux Chine. Très belle **Fontaine** à accrocher décors polychrome de la famille, verte, avec son bassin ovale, très belle qualité.

701. — Saxe moderne, fût **Louis XVI**, décors polychrome formant pendule.

702. — Inde ancien. Deux petites **Soupières** et deux Plateaux, jolis décors polychrome, bonne qualité.

703. — Chine ancien. **Porte-burettes**, décors polychrome, famille verte, service dit impérial.

704. — Chine ancien. Deux jolies petites **Coupes**, décors
polychrome, rehaussé d'or (époque des Ming).

705. — Chine ancien. Petite **Cantine** couverte à trois
compartiments, décors polychrome sur des
réserves, couvercle réparé (époque des Ming).

706. — Chine ancien. **Porte-burettes**, décors de la
Famille verte, très belle qualité (époque des
Ming).

707. — Vieux Japon. **Soupière**, fabrique d'Ovari, décors
polychrome et laqué (vasque réparée).

708. — Japon ancien. **Plat** à barbe, décors fleurs chry-
sanstèmes, rehaussé d'or (fêlure).

709. — Saxe ancien, époque Marcolini. Deux très jolies
Écuelles couvertes, décors à œil de perdrix, or
à réserve, chargé en polychrome (un bouton
réparé).

710. — Japon ancien. **Théiere** à surfaces côtelées, décors
polychrome et or.

711. — Japon ancien. Six **Tasses** et **Soucoupes**, décors
analogues au précédent.

712. — Inde ancien. **Théière**, décors polychrome fleurs
et or (anse réparée).

713. — Chine ancien. Deux **Aspersoirs**, décors Coréen,
rouge et or.

714. — Chine ancien. Beau **Vase**, forme cache-pot, décors
polychrome fleurs (époque de Kien-Long).

715. — Faïence ancienne, anglaise, fabrique de Spode.
Deux **Plats**, deux Légumiers, quatorze assiettes,
huit assiettes à dessert, décors polychrome avec
rehauts d'or, imitation de la porcelaine de Chine,
vingt-sept pièces (une assiette ébréchée).

716. — Saxe (1850). **Plat** rond, décors polychrome, fleurs.

717-718. — Chine ancien. Deux **Plats** ronds, décors polychrome, Famille rose, très belle qualité (époque de Kien-Long (fêlés).

719. — Chine ancien. **Plat** rond creux, décors bleus (réparée).

720. — Saxe (époque Marcolini). **Plat** oblong, décors polychrome, fleurs (fêlé).

721-722. — Chine ancien. Deux petits **Cendriers**, décors variés.

723. — Japon ancien. **Plat** à barbe, beaux décors polychrome et or.

724. — Japon ancien. **Plat** à barbe, décors polychrome et or.

725. — Chine ancien. Deux **Théières**, Pot à lait, Sucrier.

726. — Japon ancien. **Plat** octogone, décors polychrome et or, Plat rond côtelé (fêlé).

727. — Chine ancien. **Plat** rond, décors bleus.

728. — Chine ancien. Deux **Cendriers**, Bol, Soucoupe, quatre pièces (fêlure).

729. — Fabrique de Valognes. Vingt-quatre **Assiettes** porcelaine, décorées à l'encre de Chine, personnages et costumes des îles de l'Océanie. Le lot sera divisé.

730. — Chine, fabrique de Canton. Deux **Tasses** et Soucoupes polychrome.

731. — Japon ancien. **Sucrier** à saupoudrer, décors polychrome.

732. — Chine, fabrique de Canton. Série de neuf **Tasses** dites Gigogne, décors, personnages et polychrome.

733. — Chine ancien, Grand **Vase** balustre à filets tour-

nés, décors bleus, très belle qualité. Ce Vase a été coupé pour faire trois pièces destinées à être montées en bronze.

734. — Niederviller. — Très beau **Vase** de l'époque Louis XVI, forme ovoîde, orné sur la panse de guirlandes de chêne et de deux beaux masques de satyre, unicorne. Ce Vase est décoré à fond rose, ses reliefs en tons vert avec arabesques et trophées, or gravé (très belle qualité).

735. — Chine ancien. Grand **Plat**, décors bleu (réparé).

736. — Chine ancien. Très belle **Aiguière,** forme casque, décors de la famille rose polychrome et à personnages, très belle qualité (fracture à l'orifice).

737. — Delft ancien doré. **Jardinière** de forme basse, décors polychrome, représentant personnage, paysage et sujets de chasse, très belle qualité, doré (réparé).

738. — Inde (imitation). **Soupière** et 2 Plats ronds, Assiette, décors polychrome et or, avec armoiries de France.

739. — Japon ancien. — Deux **Compotiers,** décors poly chrome et or.

740. — Delft ancien. Deux **Plats** ronds, décors bleu (un fêlé).

741-742. — Saxe ancien. Trois **Plateaux** octogones Marli, gaufré, décors polychrome, fleurs.

743. — Berlin (imitation). Deux **Cornes**, Porte-bouquets à reliefs, Draperies et Ornements, décor polychrome or.

744. — Japon. Grand **Compotier**, octogone, avec parties réticulées, décors polychrome et or.

745. — Japon ancien. Deux très belles **Assiettes**, armoriées, décors polychrome et or.

746. — Chine ancien. Trois petits **Plateaux,** décors poly
chrome, dont un à fond corail.

747. — Japon ancien. Deux **Plats** ronds, décors polychrome et or (réparés).

748. — Japon ancien. Deux autres (réparés).

749. — Japon ancien. Deux autres (réparés).

750. — Japon ancien. Deux **Plats** creux (réparés).

751. — Delft ancien. — Deux **Plats**, décors bleu (fêlés).

752. — Rouen ancien. — Trois **Plats,** décors bleu (fêlés).

753. — Chine ancien. — **Plat** rond, décors polychrome
(époque de Kien-Long).

754. — Chine ancien. Deux **Plats** ronds creux (réparés).

755. — Chine ancien. Famille verte. Deux **Plats** creux
(réparés).

756. — Chine et Inde ancien. Deux **Plats** (réparés).

757. — Chine ancien. Deux **Plats** (réparés).

758. — Un **Plat,** décors polychrome.

759. — Chine ancien. Deux beaux **Plats,** décors polychrome et or, très belle qualité.

760. — Chine ancien. Deux **Plats**, décors bleus (fêlés).

761. — Chine ancien. Sept **Assiettes,** au centre décors
bleu, sur le marli décors polychrome (égrenés).

762. — Chine et Inde ancien. — Dix **Assiettes**, décors
variés.

763. — Chine ancien. — Deux belles **Assiettes**, décors
bleu, rouge et or.

764. — Chine ancien. Deux **Assiettes**, décors paysage.

765. — Chine et Japon ancien. Six **Assiettes,** décors variés (fêlures).

766. — Delft ancien. Six **Assiettes,** décors polychrome,
paysage (égrenures).

767. — Delft ancien. Quatre **Assiettes,** décors au manganèse, fleurs.

768. — Faïence ancienne française. Trois **Plats** ovales, dont un de Saint-Omer.

769. — Quatre **Plats** faïence française, dont un de Moustier.

770. — Delft ancien. Trois **Assiettes,** décors polychrome, dont deux au perroquet.

771. — Lunéville ancien. Deux belles **Assiettes,** décors polychrome chinois.

772. — Toul (époque premier empire). Deux **Assiettes** octogones, le Loup et le Bûcheron, décors marqués R. L.

773. — Ramhervillers. Deux **Assiettes,** décors, personnages et gerbes rehaussés d'or.

774. — Picardie. Seize **Assiettes** anciennes, décors variés.

775. — Inde ancien. Un **Plateau,** décors polychrome au centre : caricature d'un Apothicaire portant des bésicles et tenant l'instrument de la Corporation ; pièce absolument rare (fêlure).

776. — Inde ancien. **Compotier,** décors polychrome, Emblème de mariage (fêlé).

777. — Chine ancien. Deux grandes **Vasques,** décors bleu (belle qualité).

778. — Saxe ancien. Deux **Plats,** décors polychrome, insectes (fêlés).

779. — Trévise ancien. Quatre **Statuettes** sur socles, représentant des Enfants chantant (fractures).

780. — Porcelaine ancienne de Paris. **Écuelle** (époque Louis XVIII (anse fracturée).

781. — Faïence française. **Hure** de Sanglier, terre vernissée. Terrine.

782. — Lunéville ancien. **Groupe,** Berger et Bergère, décors polychrome (fractures).

783. — Saxe moderne. **Groupe** de trois personnages polychrome (fracturé).

784. — Berlin. **Oiseau** sur une branche d'arbre (réparé).

785. — Porcelaine ancienne allemande. **Statuette** de Chanteuse (fracturée).

786. — Vieux Chine. **Soucoupes,** Crachoir, Théière en Sarreguemines (12 pièces).

787. — **Encrier,** deux Porte-bouquets et Objets divers, faïence moderne.

788. — Paris ancien. **Vase** forme Médicis pour pendule (fracturé).

789 à 800. — **Objets** divers.

801. — Paris ancien. **Plateau** décors polychrome rehauts d'or. Anses en bronze (fracture).

802. — Paris ancien. **Tasse** et Soucoupe, décors polychrome, fleurs.

803. — Paris ancien. **Tasse** et Soucoupe, décors Amours.

804. — Paris ancien. **Tasse** et Soucoupe, forme droite.

805. — Bordeaux ancien. **Tasse** et Soucoupe, très joli, décors polychrome. Bouquets de fleurs et arabesque.

806. — Sèvres ancien. Pâte tendre. **Tasse** et Soucoupe droite, très jolis décors polychromes, semés de bouquets de fleurs, année 1786.

807. — Berlin ancien. **Tasse** et Soucoupe, forme droite, fond bleu, outremer marbré d'or, et figures d'après l'antique dans les réserves, belle qualité.

808. — Saxe époque Marcolini. **Tasse** et Soucoupe, forme ob-conique, décors polychrome et fleurs.

809. — Paris ancien. **Tasse** et Soucoupe, forme droite,
rayures jaunes et violettes (soucoupe fêlée).

810. — Niederviller ancien. Très jolie **Tasse** et Soucoupe
droite, décors polychrome et or, guirlandes de
lauriers et caissons à fond rose, belle qualité.

811. — Vieux Paris. **Tasse** et Soucoupe, forme droite,
fond jaune canari, décors arabesque en noir.

812. — Sèvres ancien. **Tasse** droite, décors polychrome,
guirlandes, fleurs, chiffres et médaillons. —
Soucoupe en porcelaine, pâte tendre de Novi,
marque I, couronnée.

813. — Saxe moderne. **Tasse** et Soucoupe, fond vert
d'eau, médaillon à sujet pastoral.

814. — Worcester. Deux **Vases**, décors bleus et bouquets
de fleurs.

815. — Vienne ancien. **Tasse** et Soucoupe, forme Bol,
décors polychrome, paysage et ruines (soucoupe
fêlée).

816. — Sèvres ancien. Pâte dure, **Tasse** et Soucoupe,
forme droite, bleu à rehauts d'or, signé H. P.
(Prévost).

817. — Niederviller. **Tasse** et Soucoupe, forme ob-conique, décor dit au Barbeau, signé C. H.

818. — Mayence ancien (Hochst). **Sucrier** avec Couvercle. Très jolis décors polychrome, fleurs,
belle qualité.

819. — Furstemberg ancien. **Plateau** carré. Très jolis
décors polychrome, fruits et fleurs.

820. — Sèvres ancien, pâte tendre. **Tasse** et Soucoupe,
décors camaieu bleu, bouquets, années 1762-
1763.

821. — Sèvres ancien, pâte tendre. **Tasse** et Soucoupe,
décors bleu, rehaussés d'or, et zone décorée d'a-
rabesques et fleurs, très belle qualité (fêlée).

822. — Sèvres ancien. **Tasse** et Soucoupe, décors polychrome, fleurs, 1777.

823. — Niederviller. 2 **Tasses**, 2 Soucoupes, Sucrier
(fêlé).

824. — Saxe ancien. **Tasse** trembleuse et Balustrade
ajourée, décors polychrome, fleurs (fracture à la
balustrade).

825. — Vieux Paris, à la Reine. Jolie **Tasse** trembleuse,
décors polychrome et or.

826. — Paris ancien. Grande **Tasse** et Soucoupe, signé
Petit frères.

827. — Sèvres ancien, pâte dure. **Sucrier**, décors paysage, par Prévost (restauré).

828. — Ancienne porcelaine allemande. **Sucrier,** plateau,
décors polychrome, sujets tirés des *Contes* de
Lafontaine (fêlure).

829. — Saxe ancien. **Sucrier** couvert et son Plateau,
décors polychrome, Personnages dans le goût de
Lancret. — **Soucoupe** et couvercle-moderne.

830. — Louisbourg. **Plateau,** forme contournée, décors
polychrome, personnages et paysage .

831. — Mayence moderne. Deux petites **Tasses,** mignonnettes, décors pastorales.

832-833. — Paris ancien. Deux **Tasses** et Soucoupes, décors polychrome, Personnages (une cassée).

834. — Sèvres imitation. Pâte tendre. **Sucrier**, Couvert
bleu, turquoise, à réserves entourées d'or, sujets Amours en Camaieu rose.

835. — Vieux Sèvres, pâte tendre. Petit **Pot** à pommade,
1767 (couvercle d'une autre fabrique).

836. — Sèvres ancien, pâte dure. Petit **Sucrier,** Couvert
et Soucoupe, décors dits au Barbeau, année 1788
(peint par Taillandier).

837. — Saxe. **Etui,** décors polychrome, sujets pastorals. d'après Lancret (réparation).

838. — Saxe ancien. **Autre** (pour restauration).

839. — Saxe ancien. Petit **Hochet**, décors camaieu violet.

840. — Mennecy ancien, pâte tendre. **Pot** à pommade avec couvercle.

841. — Furstenberg. **Œillière.**

842. — Sèvres. Petite **Tasse** et Soucoupe mignonnette, décors dits au Barbeau.

843. — Nast. Deux petites **Tasses** et Soucoupes mignonnettes.

844. — Nast. **Pot** au lait et Soucoupe de Paris, rue Thiroux.

845. — Même fabrique. Une **Théière.**

846. — Sèvres. **Coquetier,** décors au Barbeau.

847. — Vieux Paris. **Coquetier,** décors polychrome, fleurs.

848. — Sèvres. **Solitaire,** de forme triangulaire ; les trois pièces, bleu de roi à réserves encadrées d'or, sont chargées d'oiseau au naturel.
Nota. — La Porcelaine pâte tendre est ancienne, le décor a été exécuté en 1840.

849. — Saxe ancien. **Boîte** en émail bleu, décors empois.

850. — Vieux Sèvres, pâte tendre. **Tasse** conique, décors polychrome et or arabesque et cornes d'abondances.

851. — Sèvres 1812. **Tasse** droite, fond vert, bouquets de fleurs. **Tasse** et soucoupe de la Courtille. **Soucoupe** en Vienne. **Tasse** Mayence ancien. Trois **Soucoupes** fabriques diverses.

852. — Capo di Monte, pâte tendre (Époque Louis XVI).

Très joli **Flacon**, monture ancienne dorée. Le flacon est formé par un tronc d'arbre, au pied un berger et une chèvre (très belle qualité).

853. — Mayence ancien. Très beau **Service** de l'époque Louis XVI, comprenant Cafetière, Chocolatière, Théière, Boîte à thé, Bol, Sucrier, Plateau, 12 Tasses avec soucoupes. Très beau décor d'oiseaux de toutes espèces. Polychrome.

854. — Saxe ancien. **Service**, comprenant deux Théières, Bol, Boîte à thé, Pot à lait, cinq Tasses et six Soucoupes, décors bleu (11 pièces).

855. — Furstemberg. Deux fort jolies **Salières** de l'épo-Louis XV à relief, décors bleu.

856. — Saxe ancien. Boîte de toilette forme hexagonale, décors bleu.

857. — Custine (Niederviller). Paire de très jolis **Petits Vases**, forme ovoïde fond rose, avec guirlande de feuillage en relief et tête de bouc, dorés couvercles en argent ciselés et dorés de la même époque (très belle qualité).

858. — Saxe ancien, époque Louis XV. Très belle **Soupière** de forme rocaille, avec bordure gaufrée, anses et boutons du couvercle formés par des fruits et légumes superbe décor polychrome, fleurs et fruits.

859. — Saxe, Époque Marcolini. **Soupière** ovale, bordure gaufrée, anses formées par des branchages et fleurs en relief, le bouton du couvercle est un citron coupé, décors polychrome.

860. — Saxe Marcolini. **Plat** ovale, belle bordure gaufrée, anses relevées, décors polychrome, fleurs.

861. — Saxe Marcolini. Autre **Plat** ovale, décors polychrome fleurs.

862. — Saxe Marcolini. **Beurrier** et son plateau, forme ovale, surface gaufrée, décors polychrome.

863. — Saxe ancien. Petit **Plat** creux, décors polychrome dit au Dragon.

864. — Charles Théodore. Grande **Soupière** ronde forme Louis XV, anses détachées, bouton du couvercle artichauts et légumes ; jolis décors polychrome, fleurs.

865. — Charles Théodore. **Beurrier** à plateau adhérent. joli décor polychrome (manque le couvercle).

866. — Porcelaine ancienne d'Allemagne. Petit **Plateau** ovale contenant une Tulipe formant cuelle, décors au naturel (plateau fêlé).

867. — Saxe, pâte dure de Klooster Veilsdorf (1762). Très joli **Plat** de forme rocaille à relief, décors poly-chrome, fleurs. Echantillon très rare.

868. — Anspach ancien. **Corbeille** ajourée, décors poly-chrome. Restauration.

869. — Mayence ancien. **Assiette** Marli ajouré, décors polychrome, fleurs.

870. — Saxe (1830). Assiette à reliefs dorés.

871. — Mayence (1884). **Vase** à guirlandes, style Louis XVI, décors polychrome.

872. — Courtille. Deux **Sucriers** couverts, décors poly-chrome, fleurs (fêlures).

873. — Paris. **Canard** formant sucrier, un **Plateau** ovale.

874. — Saxe ancien marqué K. H. C. Deux **Oiseaux**, mésanges perchées sur tronc d'arbre, très beaux socles à reliefs de fleurs et rocailles, décors polychrome.

875. — Porcelaine ancienne d'Allemagne. **Perroquet**, non décoré.

876. — Furstemberg ancien. **Pivert**, polychrome.

877. — Saxe ancien, époque Louis XVI. Paire de **Serins** (un réparé).

878. — Saxe (1863). **Mésange** sur tronc d'arbre, décor naturel.

879. — Saxe même époque. **Chardonneret.**

880. — Saxe même période. **Oiseau** des Iles.

881. — Fraukenshal ancien. Deux petits **Vases** rocailles, décors rose et or.

882. — Saxe ancien. **Oiseau** perché sur un arbre, monture bronze doré (époque Louis XVI).

883. — Saxe. Paire de **Cygnes** avec leurs petits.

884. — Saxe. Petit **Oiseau** perché sur un tronc d'arbre.

885. — Nid d'**Oiseaux**. — Deux autres **Oiseaux.**

886. — Vieux Saxe, statuette. **Vieille femme** s'appuyant sur un bâton (terrasse réparée).

887. — Niederviller. **Cerf** et **Biche** couchées, décor au naturel.

888. — Fayence moderne. Groupe d'animaux. **Cerf** aux prises avec des chiens.

889. — Chelsea. Deux **Chiens** couchés.

890. — Trois **Chiens**, un **Ane**, une **Vache** couchés (5 pièces).

891. — Saxe ancien. **Statuette**, Crispin (réparé).

892. — Saxe ancien. **Statuette**, Oronte (réparé).

893. — Saxe ancien. **Statuette**, Jupiter (réparé).

894. — Saxe ancien. **Statuette** analogue au 892.

895. — Saxe ancien. **Statuette**, Joueuse de vielle.

896. — Saxe ancien. **Statuette**, Amour.

897. — Saxe ancien. **Statuette**, Guerrier dans un manteau, armure dorée.

898. — Fabrique de Meissen. **Personnage** grotesque (réparé).

899. — Charles-Théodore. **Statuette**, Garçon meunier (réparation).

900. — Charles-Théodore. **Statuette**, Lucrèce (petite restauration).

901. — Charles-Théodore. **Statuette**, Garçon portant un jambon.

902. — Ancienne porcelaine d'Allemagne. **Statuette**, Amour coquet (réparation).

903. — Même porcelaine. **Statuette**, Paysan (restauré).

904. — Saxe ancien. **Statuette**, l'Hiver.

905. — Charles-Théodore. **Statuette**, Amour vaincu.

906. — Vieux Saxe. **Statuette**, Ouvrier.

907. — Meissen. **Statuette**, Personnage en robe de chambre.

908. — Saxe ancien. **Statuette**, Amour jouant de la vielle (fracturée).

909. — Saxe ancien. **Autre**, assis jouant de la guitare.

910. — Zurich ancien. **Statuette**, Joueur de clarinette.

911. — Vienne ancien. **Statuette**, Amour frileux (ailes fracturées).

912. — Allemagne ancien. **Statuette**, Amour jardinier (réparée).

913. — Allemagne ancien. **Statuette**, Amour hussard (réparée).

914. — Saxe ancien. **Statuette**, Femme dansant (réparation).

915. — Allemagne ancien. **Statuette**, Amour soldat.

916. — Allemagne. **Statuette**, Amour chasseur.

917. — Allemagne ancien. **Statuette**, Bergère décorée.

918. — Allemagne. **Statuette**, Malade imaginaire (restauré).

919. — Vieux Saxe. **Statuette**, Arlequin jouant de la Cornemuse (restauration).

920. — Mayence. **Statuette**, Marchand de fleurs (réparation).

921. — Allemagne. **Statuette**, Nègre (réparation).

922. — Allemagne. **Statuette**, Joueur de Cornemuse (restauré).

923. — Charles-Théodore. **Statuette**, Petit Chinois (restauré).

924. — Charles-Théodore. **Statuette**, Amour (restauré).

925. — Saxe ancien. **Statuette**, Homme jouant de la guitare.

926. — Allemagne. **Statuette**, Janissaire.

927. — Mayence. **Statuette**, Blanchisseuse.

928. — Haguenau, marque I. H. **Statuette**, Joueur de violon.

929. — Niederviller. **Statuette**, Berger.

930. — Niederviller. **Statuette**, Berger.

931. — Vienne. **Statuette**, Porte-Balle.

932. — Niederviller. **Groupe**, Berger et Bergère.

933. — Frankenthal. **Statuette**, Danseuse.

934. — Haguenau. **Statuette**, Joueur de violon.

935. — Allemagne. **Statuette**, Soldat (terrasse réparée).

936. — Allemagne. **Statuette** chinoise.

937. — Saxe ancien. **Statuette**, Berger et son chien.

938. — Saxe ancien. **Statuette**, Danseuse (restaurée).

939. — Louisbourg. **Statuette.** Hercule aux enfers (réparée).

940. — Mennecy, Pâte tendre. **Statuette,** représentant Junon (main droite réparée).

941. — Même fabrique. **Statuette,** Cérès (restauration).

942. — Charles-Théodore. **Statuette,** Salière double (cassure à réparer).

943. — Saxe (1820). **Statuette,** Cléopâtre (réparée).

944. — Saxe. **Statuette,** l'Enfant à la cage (restauré).

945. — Saxe. **Statuette,** Arlequin (réparé).

946. — Saxe. **Groupe,** Piqueur et sa meute, non décoré (réparé).

947. — Saxe ancien. **Statuette** à baguier, Esclave turc.

948. — Saxe ancien. **Statuette,** Jardinier (réparé).

949. — Saxe ancien. **Statuette,** Chasseur.

950. — Mayence. **Statuette,** Enfant à la source (restauré).

951. — Saxe ancien. **Statuette,** Jardinière (réparée).

952. — Saxe ancien. **Groupe,** Mendiants (réparation).

953. — Saxe ancien. **Statuette,** Jeune chasseur.

954. — Charles - Théodore. **Statuette,** Marchande de fruits, panier formant baguier.

955. — Saxe ancien. **Statuette,** Bergère dansant (restauration).

956. — Allemagne (1830). **Statuette,** Chasseresse (réparation).

957. — Charles-Théodore. **Statuette,** Chasseur (réparation).

958. — Charles-Théodore. **Statuette,** Soldat (réparation).

959. — Saxe (1830). **Statuette,** Muscadin.

960. — Capo di Monte. Quatre **Statuettes**, représentant les éléments (époque Louis XV), très belle qualité (1 bras recollé). Très rare.

961. — Charles - Théodore. **Groupe**, Rendez-vous de chasse (époque Louis XV) [légère réparation].

962. — Géra (Reuss 1762). **Statuette**, Chasseur (restauration).

963. — Allemagne. **Groupe**, Berger et Bergère (restauré).

964. — Frankenthal ancien. **Groupe**, l'Enlèvement d'Orithie (réparation).

965. — Louisbourg. **Groupe**, Ariane et Bacchus (réparation).

966. — Charles - Théodore. **Groupe** de trois Amours (réparé).

967. — Charles-Théodore. **Groupe** de trois Enfants (petite réparation).

968. — Allemagne. **Jument** défendant son poulain contre un loup (réparation).

969. — Allemagne. **Singe** assis, peint au naturel.

970. — Charles-Théodore ancien. **Statuette,** femme tenant un perroquet (réparée).

971. — Saint-Clément. **Statuette**, petit Marchand ambulant (réparation).

972. — Saxe moderne. — **Statuette,** petit Marchand de raisin.

973. — Vienne 1850. **Statuette,** Berger (réparation).

974. — Mennecy. **Statuette,** Flore (réparation).

975. — Capo di Monte. **Statuette,** Violoniste (fracturée).

976. — Saxe ancien. **Statuette,** petit Vendangeur assis, non décoré (réparation).

977. — Mennecy ancien, pâte tendre. **Statuette,** Cérès.

978. - - Saxe ancien. **Statuette**, Berger, non décoré (manque la main).

979. — Capo di Monte. **Statuette**, Amour.

980. — Saxe moderne. Deux **Singes**, jouant du Tambourin et Cor de chasse, décors polychrome.

981. — Saxe moderne. — 10 **Pièces**, Orchestre de grenouilles, Musiciens, décors polychrome.

982. — Paris. **Statuette**, Amour, non décoré.

983. — Paris. **Statuette**, Tireur d'arc.

984. — Paris. Deux **Flacons**, Homme et Femme, Monsieur Curaçao et Madame Vespétro, décor polychrome.

985. — Mayence (imitation). **Groupe**, Le Concert.

986. — Paris. **Statuette**, Joueur de Cornemuse (réparée).

987. — Saxe (imitation). **Statuette**, jeune Garçon (réparée).

988. — Charles-Théodore (imitation). **Statuette**, Musicien (fracturée).

989. — Chelsea. **Statuettes**, Berger et Bergère (réparées).

990. — Saxe (imitation). Deux **Statuettes**, Marchand de bric à brac et Marchande de poissons.

991. — Saxe (imitation). **Statuette**, Danseuse.

992. — Saxe ancien. **Statuette**, Divinité, Femme (réparée).

993. — Paris. — **Statuette**, Joueuse de guiatre.

994. — Saxe moderne. **Statuette**, Amour.

995. — Paris. **Statuette**, Berger (réparée).

996. — Saxe moderne. **Statuette**, Jardinier.

997. — Saxe moderne. **Statuette**, Jardinier.

998. — Saxe (imitation). **Statuette**, Homme accroupi.

999. — Saxe (imitation). **Statuette**, Femme (réparée).

1000. — Saxe (imitation). **Groupe**.

1001. — Saxe (imitation). **Statuette**, Génie.

1002. — Louisbourg moderne. Deux **Statuettes**, Paysan et Paysanne de Bar.

1003. — Saxe (imitation). **Statuette**, Amour à la lanterne (réparée).

1004. — Chine ancien. **Balustre** rectangulaire, décors bleu, personnages (fêlé).

1005. — Paris moderne. **Statuette**, Femme se coiffant.

1006. — Mayence (imitation). Deux **Statuettes** fillettes (réparation).

1007. — Saxe (imitation de). **Statuette**, Jardinier assis (fracturée).

1008. — Charles-Théodore. **Statuette**, Amour (réparée).

1009. — Saxe moderne. **Statuette**, Plutus (réparée).

1010. — Saxe moderne. **Statuette**, Femme (réparée).

1011. — Chelsea. **Statuette**, Amour.

1012. — Saxe moderne. **Statuette**, Génie.

1013. — Mayence moderne. **Statuette**, Vendangeur.

1014. — Paris moderne. **Statuette**, Enfant (réparée).

1015. — Chelséa. **Groupe** (fracturé).

BISCUITS — TERRES DE LORRAINE

1016. — Saint-Clément ancien. **Statuettes**, marchande de Poissons, peinte au brun rouge, signé en creux.

1017. — Paris 1835. **Statuette**, Mendiant, Biscuit, signé H. C.

1018. — Biscuit marque A. C. **Enfant** jouant près d'une chaise.

1019. — Terre de Lorraine. **Statuette,** Enfant guettant un lapin (petite réparation).

1020. — Biscuit de Niederviller, **Statuette,** marchande de légumes (réparée).

1021. — Biscuit de Niederviller. **Statuettes,** marchande de fruits (réparation).

1022. — Même fabrique. **Statuette,** marchande de fleurs, (réparée).

1023-1024. — Biscuit. Deux **Enfants** (réparé).

1025. — Terre de Lorraine. **Marchand** de coco (bras recollé).

1026. — Terre de Lorraine. **Chaudronnier** (bras recollé).

1027. — Terre de Lorraine. **Marchande** de tripes.

1028. — Terre de Lorraine. **Femme** (pot aux roses cassé).

1029. — Terre de Lorraine. **Femme,** Joueuse de tambour de Basque (manque un pied et le tambour).

1030. — Terre de Lorraine. **Statuette,** Tailleur de pierres.

1031. — Terre de Lorraine. **Statuette,** Danseuse.

1032. — Terre de Lorraine. **Baiser** d'après Houdon.

1033. — Terre de Lorraine. **Statuette,** Boucher tuant un mouton (pattes restaurées).

1034. — Terre de Lorraine. **Statuette,** Poissarde.

1035. — Terre de Lorraine. Deux **Statuettes,** Vieillard caressant son chien, Vieille fileuse endormie.

1036. — Terre de Lorraine. **Léda,** couchée.

1037. — Terre de Lorraine. **Groupe,** Berger récompensé.

1038. — Terre de Lorraine. **Marchand** d'oublis.

1039. — Terre de Lorraine. **Groupe,** Berger et Bergère.

1040. — Terre de Lorraine. Deux **Médaillons,** Offrande à l'Amour. Serment d'amour.

1041. — Terre de Lorraine. **Groupe,** Henry et Louis XVI, sur socle carré, garni de guirlandes.

1042. — Terre de Lorraine. **Groupe,** Voleur de Pommes.

1043. — Terre de Lorraine. **Henri IV** et Sully, groupe sur socle octogone, avec portraits de grands hommes.

1044. — Terre de Lorraine. **Léda,** assise, très joli groupe sur socle rocaille.

1045. — Terre de Lorraine. Très joli **Groupe,** Vénus visitant Adonis.

1046. — Terre de Lorraine. **Fauconnier,** signé Cyflé, Lunéville.

1047. — Terre de Lorraine. **Bergère** appuyée sur un panier de fruits, signé: Terre de Lorraine.

1048. — Terre de Lorraine. Deux **Groupes,** le Savetier et la Ravaudeuse, signé Bellevue, ban de Toul (fracture à la cage).

1049. — Terre de Lorraine. **Bacchus** sur un âne, signé Cyflé, Lunéville (très rare).

1050. — Un analogue. Cet **Exemplaire** est recouvert d'une couche de cuivre, vert de gris et vernis (objet très curieux).

1051. — Terre de Lorraine, **Groupe,** les Amants surpris, signé: Prouvé, Nancy.

1052. — Biscuit de Niederviller. **Groupe** de trois figures, Enfants se disputant.

1053. — Charles-Théodore ancien. **Groupe,** émaillé (fracturé).

1054. — Mennecy, pâte tendre, **Groupe,** Enfants (réparation).

1055. — Biscuit ancien. **Amour** guerrier.

1056. — Biscuit ancien anglais. **Membre** du Parlement, endormi.

1057. — Terre émaillée de Lorraine, ancien. **Statuette,** Minerve (réparation).

1058. — Même fabrique. **Vénus** (réparation).

1059. — Biscuit Niederviller ancien. Très beau et important **Groupe,** cinq personnages, représentant le Jugement de Paris.

(Ce remarquable objet est parfaitement conservé. Signé en toutes lettres : Niederviller, Lemire père).

1060. — Biscuit ancien. **Groupe** de trois figures, la Demande acceptée. Signé : Niederviller.

1061. — Biscuit ancien. **Groupe** Bélisaire, sur socle carré mobile. Signé : Terre de Lorraine. Constant.

1062. — Biscuit ancien. Deux **Bustes,** Louis XVI et Marie-Antoinette, sur des socles à guirlandes. Signé du poinçon I. D. L.

1063. — Biscuit ancien. **Groupe,** l'Agréable leçon. Signé : Niederviller, n° 94.

1064. — Biscuit ancien. Deux **Vases,** époque Louis XVI, avec anses formées par des têtes de sphynx et guirlandes de fleurs en relief.

1065. — Biscuit ancien, **Bergère** et Berger, jouant du pipeau. Signé : Terre de Lorraine.

1066. — Biscuit ancien. — **Groupe** de trois personnages, Sacrifice à l'amour, signé : Niederviller (réparé).

1067. — Terre de Lorraine ancien. **Groupe,** Lucrèce et Tarquin.

1068. — Biscuit ancien. **Groupe,** la Leçon d'amour (l'index de la main droite fracturé).

1069. — Biscuit ancien. **Statuette,** Terpsichore. Signé : Niederviller.

1070. — Biscuit ancien. **Apollon,** la pièce est faussée au feu.

1071. — Biscuit ancien. **Buste** Voltaire.

1072. — **Rousseau,** pendant du précédent, socles en marbre avec une tore, bronze perles.

1073. — Biscuit ancien. **Buste** Napoléon Ier sur socle en porcelaine émaillé, décor bleu et or, signé du double C.

1074. — Biscuit ancien. **Buste** de Louis XVIII sur socle cannelé, avec guirlandes de feuilles, décor bleu et or.

1075. — Biscuit ancien. **Buste** Prince de Condé, sur socle porcelaine, pareil au précédent.

1076. — Biscuit ancien. **Buste** Général Foy, sur socle porcelaine émaillé, décor bleu et or, signé X.

1077. — Biscuit ancien. **Statuette** Général-Foy à la tribune.

1078. — Biscuit ancien de Lorraine. **Buste** Louis XV et Marie Lecksinska. Très belle pièce.

1079. — Biscuit moderne. **Buste** Louis XVI.

1080. — Biscuit. **Buste** d'après Houdon.

1081. — Sèvres ancien. Deux **Figures** assises, représentant l'Histoire et la Justice.

1082. — Biscuit moderne. Deux **Bustes-Femmes.**

1083. — Biscuit ancien. **Buste** général anglais.

1084. — Biscuit de Sèvres (époque Empire). **Amour** se voilant la face (réparation).

1085. — Porcelaine ancienne d'Allemagne. Grand **Sujet** représentant un Chasseur au pied d'un arbre et un Sanglier.

1086. — Saxe ancien, Bas-relief ovale. **Branches** de rosiers (un éclat).

1087. — Biscuit ancien de Niederviller. Bas-relief **Médaillon** Louis de Bourbon, Prince de Condé.

1088. — Même fabrique. **Portrait** de Latour-d'Auvergne, Vicomte de Turenne.

1089. — Même fabrique. Bas-relief **Médaillon** Charles de Secondat, Baron de Montesquiou.

1090. — Même fabrique. **Médaillon** Isaac Newton.

1091. — Biscuit de Sèvres. **Médaillon**, portrait de Henry IV.

1092. — **Médaillon** par Couriguer, portrait de Delambre.

1093. — Biscuit de Sèvres. **Médaillon** sur fond bleu, portrait du Duc de Berry, signé Burchard.

1094. — **Portrait** d'homme, bas-relief sous verre.

1095. — Biscuit, Louis XVIII. **Médaillon** par Michaut.

1096. — Biscuit de Sèvres. **Médaillon** Henry II sur fond bleu.

1097. — Sous ce numéro. Un **Cadre** contenant 48 Médaillons en plâtre, personnages célèbres.

1098. — Biscuit moderne. Deux **Médaillons** ovales, Groupes de Gibier mort.

1099. — Huit **Médaillons** et diverses **Consoles** en plâtre.

1100. — Terre cuite ancienne. — **Portrait** de Marie Stuart avec cadre rond, doré.

1101. — Sarreguemines. Trois **Médaillons** ronds avec profil de Césars, imitant le bronze.

1102. — Biscuit de Sèvres ancien sur fond bleu. **Médaillon**, la Toilette de Vénus.

1103. — Même fabrique et époque. Deux **Médaillons** ronds, Bacchanale et Satyre.

1104. — Même fabrique. Deux **Médaillons**, figures antiques. — Quatre **Médaillons** pour boutons.

1105. — Weegwood. **Pot à lait** fond bleu, décors sujets
antiques.

1106. — Weegwood. **Sucrier**.

1107. — Weegwood. Deux petits **Pots à lait.** — Deux
Théières. — Deux **Tasses.**

1108. — Weegwood. Une **Boîte.** — Deux **Cache-pots**
fond bleu.

VERRERIE

1109. — Très grand **Verre**, ancien flamand gravé (époque Louis XIV).

1110. — Grand **Verre**, forme dite flûte.

1111. — **Gourde-Bouteille**, forme de Chien.

1112. — **Autre**, en verre noir, Chien portant un autre.

1113. — Venise ancien. Petite **Aiguière** avec décors
rose.

1114. — Venise ancien. Beau **Verre** à balustre (cône
évasé).

1115. — Venise ancien. **Verre**, cône évasé, pied orné de
dauphins en couleur.

1116. — Venise ancien. **Vase** forme éprouvette.

1117. — Venise ancien. Très beau **Verre**, pied orné
d'agréments à tons rose.

1118. — Verre ancien de Hollande. **Aiguière** anse orne-
manée.

1119. — Verre ancien de Flandre. Très jolie **Aiguière**.

1120. — Verre ancien de Venise. Deux petits **Vases-Aiguières** avec cabochons bleus.

1121. — Verre ancien d'Italie. **Huilier** à récipients inversés.

1122. — Ancienne Verrerie de Flandre. Très belle **Aiguière**, l'anse supérieure à tourne-sol (fêlure).

1123. — **Verre** ancien d'Allemagne (époque Louis XIII). Ce verre à tige intérieure verticale, porte un Cerf dix cors en ronde bosse, dont la fusée s'enfile sur la tige.

1124. — Autre. Très beau **Verre**, plus grand que le précédent.

1125. — **Verre** de Bohême à couvercle (époq. Louis XIV).

1126. — Verre ancien de Flandre. **Cruche** à panse aplatie, monture en étain (époque Louis XIV).

1127. — Venise moderne. Deux **Coupes** rouge et bleu et un **Verre** forme flûte sur dauphin, exécuté par Savietti.

1128. — **Verre** vénitien ancien. Louis XVI, avec peinture polychrome doublé d'argent gravé.

1129. — Autre, même époque. **Sujets** de personnages dorés.

1130. — Verre de Bohême gravé (époque Louis XV). **Biberon**, monture argent doré.

1131. — **Verre** de Venise ancien, pied ovale avec serpent strié (réparé).

1132. — Verrerie allemande. Deux **Bouteilles** à odeurs, décor polychrome, à personnages.

1133. — Verre ancien de Flandre. Deux **Carafons** dorés (époque Louis XVI).

1134. — **Verre** à boire, forme de botte (ép. Louis XIV).

1135. — Verrerie ancienne de France. **Gourde.**

1136. — Verre de Bohême. Un **Flacon** rond doré et
    gravé.

1137. — **Sucrier** en verre (époque Louis XIV). Surface
    garnie.

1138. — Venise moderne. **Bol** à stries blanches.

1139. — **Flacon** à stries torses (époque Louis XVI) et
    autre plus grand.

1140. — Petit **Flacon** du xviie siècle, décor noir, sujets
    de chasse.

1141. — Deux **Verres** de couleur. — **Pot à lait** et **Vase.**

1142. — **Verre** ancien de Flandre gravé, et petit **Su-
    crier.**

1143. — **Verre** ancien de l'époque Louis XIV.

1144. — Petit **Flacon** en verre de couleur. — Autre **Fla-
    con** et deux **Verres.**

1145. — Neuf **Verres** ancien gravés (époque Louis XVI).

1146. — Venise moderne. Deux **Coupes**, stries aventu-
    rinés.

1147. — Sept **Verres** dorés (époque Louis XVI).

1148. — Verrerie ancienne d'Allemagne. Deux **Tuyaux**
    de pipes, dont un à bulles et l'autre à stries.

1149. — Quatre **Plateaux.** — **Verre** ancien de Bohême.
    — Deux **Carafonds** et Sept **Verres,** formes
    diverses.

1150. — Verrerie ancienne. **Carafond** carré, doré. —
    Autre **Rond** et Pièces diverses.

1151. — Verrerie ancienne de Venise. Grand et beau
    Lustre.

1152. — Venise ancien. Deux Jolies **Statuettes,** Nègres
    portant devant eux des Cornes d'abondance.

1153. — Venise ancien. Deux **Statuettes** (ép. Louis XVI),

Homme et Femme avec pèlerine, les socles sont en argent.

1154. — Venise ancien. — Trois **Statuettes**, deux saint Jacques et un Évêque.

1155. — Venise ancien. Trois **Statuettes** et double **Flacon**, montés en argent.

1156. — **Vase** en verre découpé, avec monture en argent ciselé et repoussé.

STATUETTES ORIENTALES & PIÈCES AUTOMATIQUES

1157. — Deux **Statuettes**. Prince et Princesse, peintes et dorées (travail ancien indien).

1158. — Quatre **Statuettes**, Marchands indiens, debout.

1159. — Quatre **Statuettes**, Marchands indiens assis.

1160. — Deux autres **Statuettes**, Personnages assis, divinités chinoises peintes.

1161. — Bois sculpté et peint. **Statue** équestre, bourgeois (époque Louis XV).

1162. — Bois sculpté. **Groupe** de Mendiants, d'après Callot.

1163. — Bois sculpté. Deux **Ours**. Mendiant genre Callot.

1164. — Bois sculpté. Deux **Casse-Noix,** Nain et tête de loup.

1165. — Bois sculpté. Trois **Cuillères**, dont une indienne.

1166. — Bois sculpté. **Groupe,** Scènes galantes (époque Louis XVI).

1167. — Pièce automatique avec **Boîte** à musique, représentant Savetier, Ravaudeuse et Garde française (travail de l'époque Louis XVI).

1168. — Belle pièce automatique, représentant une **Maison** chinoise avec épicerie.

1169. — Pièce automatique. **Groupe**, Nègre et Négresse (pièce Louis XVI).

1170. — Pièce automatique. **Groupe**, Personnages en costumes chinois, Joueurs de cartes.

1171. — Pièce automatique. Autre **Groupe**, analogue au précédent, têtes nues.

OBJETS DIVERS

1172. — Bois sculpté avec parties dorées. **Cartel** porte-montre, avec mouvement ancien.

1173. — Bois sculpté et doré. **Baromètre** rocaille, signé : Gaiffe, à Nancy (époque Louis XV).

1174. — Bois sculpté. Deux **Consoles** à accrocher, peintes et dorées (époque Louis XVI).

1175. — Terre cuite peinte et dorée. Deux petites **Consoles** à accrocher.

1176. — Deux **Boîtes** à jeu en marqueterie de cuivre et écail, genre de Boulle, garnie de beaux jetons en nacre gravé.

1177. — Petit **Cabinet** en marqueterie de bois et garniture en cuivre gravée (travail japonais ancien).

1178. — Stuc. Beau **Coffret** en dessins de couleurs imitant la mosaïque, très belle qualité, garniture intérieure en velours moderne (ép. Louis XIII).

1179. — Marbres de différentes espèces et couleurs. **Reproduction** du Temple de l'Amour, du Parc de Trianon. La base de ce petit monument est en marbre cypolin (travail de l'ép. Louis XVI).

1180. — Bois sculpté et doré. Deux petites **Consoles** d'encoignure (époque Louis XIV).

1181. — Petite **Commode** à bijoux pour dame, marqueterie de bois rose et **couleur** (ép. Louis XV).

1182. — Bois sculpté (école moderne). **Bas-relief**, jeune femme assise, costume du xvie siècle, signé du monogramme T. W.

1183. — Bois sculpté et doré. Quatre **Frises,** formant consoles d'encoignures.

1184. — Applique à deux lumières. **Fer** découpé et peint, formant bouquet avec fleurs porcelaine de Saxe (époque Louis XV).

1185. — Autre **Paire** analogue à la précédente à trois lumières.

1186. — Petite **Statuette** en bois sculpté, Enfant Jésus (époque Louis XIII).

1187. — Bois sculpté et doré. Belle **Console** à accrocher (époque Louis XV).

1188. — Bois sculpté peint. Jolie **Console** à accrocher (époque Louis XIV).

1189. — **Vielle**. Manche orné d'une tête de femme, signé : Colson, à Mirecourt (époque Louis XVI).

1190. — Deux **Noix** de coco, sculptées.

1191. — Porcelaine allemande. Quatre **Pipes**, décorations diverses, peintes.

1192. — Fer du xvie siècle **Tire-lire** (aumônière).

1193. — Deux **Socles** en marbre du Languedoc.

1194. — Deux **Socles** en stuc.

1195. — Couteau et fourchette, travail du xviie siècle. **Manches** en agate, garniture en argent.

1196. — Porcelaine de Saxe. Trois **Couteaux** (époque Louis XVI). — Quatre **Couteaux**, manches en ivoire vert.

1197. — Art japonais. Trois **Couteaux,** une Fourchette du xvie siècle.

1198. — Deux **Boîtes** de toilette, bois laqué (époque Louis XV).

1199. — Deux petits **Socles**, garnis de cuivre doré (ép. Louis XVI).

1200. — Etain ancien. Deux **Aiguières**, forme Casque, gravure moderne (époque Louis XIV).

1201. — Trois **Lanternes** turques.

1202. — Etain ancien. **Marmite** avec reliefs (époque Louis XVI).

1203. — Etain ancien. Petit **Vase** et **Suspension** en bronze avec sa lampe.

1204. — Etain ancien. Deux **Plats**, gravé (ép. Louis XV).

1205. — Bois sculpté, peint et doré. Deux **Consoles** à accrocher (époque Louis XV).

1206. — Bois sculpté et doré. **Baromètre** (ép. Louis XVI).

1207. — Bois sculpté. **Vase** avec pattes dorées (époque Louis XVI).

1208. — Grès ancien. Très bel encrier, émail bleu (époque Louis XIII).

1209. — Maroquin doré, **Coffret** au petit fer, du xvie siècle.

1210. — Autre **Coffret,** du temps de Louis XIII, et Cartonnier en maroquin vert, doré au petit fer (époque Louis XIV).

1211. — **Coffret** en fer forgé et peint (travail de Nuremberg).

1212. — **Ecran** à lumière, en bois laqué, garni en acier, avec petit motif en tapisserie à l'aiguille, sujet de genre (époque Louis XVIII).

1213. — Paire de **Bouquets** en argent découpé et doré, Vases émaillés, avec montures en argent, socles en ivoire ajouré (travail de l'ép. Louis XIII).

1214. — **Baromètre-thermomètre,** peinture (époque
Louis XVI).

1215. — **Couteau** du temps de la première République.
— Autre **Couteau,** monture corne et paire de
ciseaux.

1216. — **Pendule,** marbre et bronze doré (ép. Louis XVI).

1217. — **Pendule,** marbre noir et bronze doré (époque du
premier Empire) et autre plus petite.

1218. — Verre de Bohême. Deux **Cornets** gravés et co-
loriés.

1219. — Deux **Tabourets** de jardin en grès de Chine
céladon.

1220. — Trois **Socles** en marqueterie, de Boulle, cuivre
gravé.

1221. — **Porte-Burettes** ménagère, en étain fondu (époque Louis XVI).

1222. — Deux petites **Consoles** en bois doré, à accrocher
(époque Louis XIV).

1223. — Deux **Statuettes** grotesques, bois doré (époque
Louis XV).

1224. — **Pendule** à accrocher avec son socle, bois sculpté
et doré (époque de la Régence).

MEUBLES — TAPISSERIES

1225. — Grand **Bureau** plat, ébène à filets de cuivre (ép.
Louis XIV. Le dessus est réparé).

1226. — Jolie **Commode** à 4 tiroirs avec marbre, in-
crustée d'ébène et de cuivre, garniture en bronze
fondu et ciselé de l'époque, sabots-griffes de
lion (époque Louis XIV).

1227. — Très belle **Glace** de l'époque Louis XIII, en bois
de coupe, avec cuivres repoussés et dorés
(glace bizeautée, fêlée).

1228. — **Glace** de l'époque Louis XVI, cadre avec fronton,
bois sculpté et doré.

1229. — **Tapisserie** au point, représentant la fille de
Jephté venant au-devant de son père (époque
Louis XIV).

1230. — Deux **Tapisseries** à l'aiguille, représentant des
Monuments en ruine avec personnages, signé du
monogramme M. C. et daté de 1702, encadrées
de baguettes en bois sculpté (ép. Louis XIV).

1231. — **Tapisserie** à l'aiguille, d'une exécution très finie,
représentant une cour de ferme, travail fla-
mand (époque Louis XVI).

1232. — **Tapisserie** à l'aiguille en soie, très fine, tête de
Niobé.

1233. — Tapisserie à l'aiguille. Belle **Feuille** d'écran,
avec arabesque et personnages, le sujet représente le Jugement de Salomon (ép. Louis XIV).

1234. — Tapisserie à l'aiguille. **Fille** de ferme portant un
seau, travail anglais (époque Louis XVI).

1235. — Tapisserie à l'aiguille, **Sujet** représentant les
deux sœurs (époque de 1825).

1236. — Tapisserie à l'aiguille. **Portrait** d'un rabbin.

1237. — Broderie à l'aiguille. **Halte** de chasse, d'après
Wouvermans.

1238. — Broderie à l'aiguille. **Chat** assis (ép. Louis XVI).

1239. — Tapisserie à l'aiguille. **Paysage** et Ruines.

1240. — Petit écran. Tapisserie de soie à l'aiguille. Un
Oiseau et des Volubilis et un **Motif** allégorique, tapisserie à la chenille.

1241. — Grande **Chaise** noyer, recouverte en tapisserie à l'aiguille, fleurs (époque Louis XV).

1242. — Deux **Fauteuils** de l'époque Louis XVI, bois sculpté et peint noir et doré, recouvert en tapisserie ancienne d'Aubusson, sujets des Fables de Lafontaine (réparés).

1243. — **Fauteuil** et deux Chaises, bois sculpté à médaillon, recouverts en tapisserie à l'aiguille, trophée de jardinage (époque Louis XVI).

1244. — Deux **Chaises** de style Louis XVI, bois sculpté, dossiers à lyre, recouvertes en tapisserie ancienne à l'aiguille, personnages (ép. Louis XIV).

1245. — **Chaise** bois sculpté, de même style, recouverte en tapisserie à l'aiguille du xvie siècle.

1246. — **Table** de nuit, marqueterie de bois de couleur (époque Louis XVI).

1247. — **Commode** à étagères, avec trois tiroirs, poignées et entrées en bronze (ép. Louis XVI).

1248. — **Baromètre** en losange, signé Mourey, opticien à Nanci *(sic)* (époque du premier Empire).

1249. — Très joli **Fauteuil** (Louis XV), foncé de canné.

1250. — Six **Chaises** foncées de canne (ép. Louis XV).

1251. — **Lavabo** trépied (époque du premier Empire).

1252. — Deux **Vitrines** composées de colonnettes cannelées et de morceaux sculptés, peint blanc et doré (époque Louis XVI).

1253. — Grand et beau **Fauteuil** ancien (Louis XIII) noyer sculpté, dossier à fronton, recouvert en tapisserie (époque Louis XIV).

1254. — Petit **Ecran** en bois d'acajou, feuilles en soie rouge, brodé, orné d'un chiffre (époq. Louis XIV).

1255. — **Piètement** de l'époque Louis XIII, à six colonnettes torses et à tiroirs.

1256. — **Support** en bois sculpté noirci, travail moderne.

1257. — Très jolie petite **Table** à ouvrage en marquet-
terie de bois rose et bois de violette, tablette
de fleurs et dessus de marbre ornée de cuivre
doré (époque Louis XV).

1258. — Petite **Vitrine**, dont la porte est un encadrement
de l'époque Louis XV, peinte et dorée.

1259. — Autre **Vitrine**, style Renaissance, forme tabernacle, demi-lune avec dessus de marbre.

1260. — Trois **Socles** en bois peint.

1261. — Deux **Socles** ronds (fûts).

1262. — **Banquette**, recouverte en tapisserie (époque
Louis XVI).

1263. — Six **Chaises**, dossiers et pieds carrés cannelés
(époque Louis XVI).

1264. — Trois **Chaises** sculptées, recouvertes en soie
peinte (époque Louis XIV).

1265. — **Table** à jeu de Boulilote, pieds cannelés, garnie
en cuivre (époque Louis XVI).

1266. — **Table** à ouvrage en marqueterie, bois de couleur (époque Louis XVI).

1267. — **Table** en chêne, pieds tournés (époque Louis XIII).

1268. — **Tabouret**, pieds en forme S (époque Louis XIV).

1269. — **Table** à ouvrage, en vieux laque de Chine, travail de Canton.

1270. — **Cabinet** en vieux laque, à l'intérieur tiroirs
laqués d'or. Le piètement est moderne.

1271. — **Console** en chêne sculpté, marbre du Languedoc.

1272. — Paire de jolies **Encoignures** à surface, bombées,
contournées, en marqueterie, bois rose, ama-
ranthe et palissandre, ornées de bronzes cise-

lés et dorés de style Louis XV, signées
P. Garnier. Les bronzes qui ornent ces encoignures sont des surmoulés dorés.

1273. — Bois sculpté. **Ecran**. La feuille en tapisserie au
point représente des personnages chinois.

1274. — Très jolie **Glace** avec trumeau de l'époque
Louis XV, cadres en bois sculptés redorés,
peinture paysage.

1275. — **Bureau** de l'époque Louis XIV en marqueterie
de bois. Piètement rapporté.

1276. — Deux **Chaises**, bois sculpté et doré, dossiers
ornés d'une lyre, recouvertes en damas de soie
ancienne (époque Louis XVI).

1277. — Deux **Chaises** de l'époque Louis XVI, bois
sculpté et doré, forme dite paysanne, dossiers
à lyre, recouvertes en soie moirée.

1278. — Deux jolis **Fauteuils** de l'époque Louis XV,
bois sculpté et doré, recouverts en cachemire
français.

1279. — **Canapé** de l'époque Louis XVI, peint blanc et
doré, bras à balustres détachés, recouvert en
tapisserie au petit point, corbeille et bouquets
de fleurs.

1280. — Quatre **Fauteuils** de l'époque Louis XVI, dossiers carrés, recouverts en tapisserie au petit
point, bouquets de fleurs.

1281. — Petit **Bureau** à dos d'âne pour dame, en bois
rose et violette. L'abattant est recouvert de
maroquin rouge doré aux petits fers, représentant les armes de France et de Pologne,
et des écoinçons aux Dauphins de France.
Ce cuir, très curieux, a été exécuté lors du
mariage de Marie Leckzinska et de Louis,
Dauphin de France. — Nota. L'intérieur du
meuble réparé est moderne.

1282. — **Table** à jeu, tric-trac, bois de rose avec jetons en ivoire, cornet et échecs.

1283. — Très beau **Cabinet** de l'époque Louis XIII, bois de noyer incrusté d'ivoire et de bois d'ébène, orné de moulures guillochées et d'une balustrade en ivoire tourné ; l'intérieur forme un beau portique, avec colonnettes et glaces, orné d'appliques en cuivre reposé et doré.

1284. — Deux **Fauteuils** à médaillons ovales, bois sculpté et doré, recouverts en damas de soie rouge.

1285. — Deux **Autres**, bois sculpté et doré, médaillons ovales fleurettes , recouverts en toile de Jouy imprimée et dorée.

1286. — **Console** de l'époque Louis XVI de forme cintrée, et pieds cintrés avec guirlandes de lauriers, chutes et vase, parties peintes et dorées. La dorure est ancienne, la peinture moderne.

1287. — Très jolie petite **Glace** à trumeau, cadre en bois sculpté avec parties dorées. Le trumeau de forme ovale, est surmonté d'un trophée militaire et sa peinture en grisaille représente des Amours guerriers, peints par Heinlich (signée).

1288. — Très jolie **Glace**, cadre en bois sculpté exécuté d'après *Berain*, surmonté d'un très beau fronton à grande coquille (époque Louis XIV).

1289. — Grande et belle **Table-Bouillotte** demi-lune à double plateau en acajou moucheté, orné de quart de ronds en cuivre (époque Louis XVI).

1290. — Mobilier de salon. **Palissandre** sculpté (style Louis XV) recouvert en damas de soie rouge, comprenant un grand canapé, deux canapés tête-à-tête, six fauteuils, quatre chaises.

1291. — Deux **Torchères** à colonne torse (époque Louis XIV).

1292. — Deux **Torchères** à colonne torse (époque Louis XIII).

1293. — Très joli petit **Cabinet** de style Renaissance, avec marqueterie de bois de couleur, et parties sculptées et découpées.

1294. — **Ecran**, bois tourné, noir et or, à feuille en soie brodée, bouquet de fleurs.

1295. — Joli petit **Meuble** formant vitrine à colonnettes (style Renaissance).

1296. — Deux **Vitrines** d'Encoignures, montures en bois laqué, incrustations de Burgau.

1297. — Deux beaux **Fûts** laqués à personnages et feuillages (style chinois).

1298. – Vitrine. **Meuble** composé de morceaux de baguettes et cadres dorés et peints, formant la vitrine.

1299. — Petite **Table** ronde de bouillote à pieds cannelés, garnis de cuivre doré.

1300. — Grand **Plateau** laqué d'or, oiseaux et fleurs.

1301. — Grand **Meuble** d'encoignure, bois de rose et de couleur, à deux portes (époque Louis XVI).

1302. — **Table** de l'époque Louis XV, bois sculpté noirci.

1303. — Grand **Fauteuil** de l'époque Louis XIV, noyer tourné, recouvert en tapisserie en petit point (même époque).

1304. — Grand **Fauteuil** Louis XIII, chêne tourné, dossier à crémaillère, recouvert en tapisserie d'Aubusson.

1305. — Petit **Canapé** de l'époque Louis XVI, dossier à godrons, bois sculpté, peint noir et doré, recouvert en tapisserie au petit point.

1306. — Deux **Fauteuils** de l'époque Louis XVI, dossiers à médaillons, peints noir et doré, recouverts en tapisserie au point, bouquets de fleurs.

1307. — Quatre **Autres**, même forme et époque, peints blanc, recouverts en tapisserie ; bouquets de fleurs sur fond blanc.

1808. — **Bureau** plat (époque Louis XVI).

1309. — **Bois** de lit Louis XVI.

1310. — **Tapisseries** anciennes, au point et tissées de diverses époques.

1311. – **Tapisserie** Verdure et deux **Portières**, verdure Aubusson (époque Louis XIV).

1312. — Bois sculpté. **Chien** couché (époq. Louis XIV).

1313. — **Broderie** de soie de couleur du xvie siècle, sur drap.

1314. — **Ecran** en tapisserie (Château).

1315. — Très beau **Rideau** de Tabernacle en soie lamée d'or, avec belle broderie en relief, couronne, lions et inscriptions hébraïques (époque Louis XIV).

1316. — Un **Lot** d'étoffes, anciennes, soie, etc.

1317. — **Statuette** et **Console** en bois sculpté et parties dorées.

TABLEAUX — DESSINS — GRAVURES

1318. — CLAUDOT. — *Paysage*, panneau décoratif pour dessus de porte, avec cadre en bois sculpté et doré.

1319. — École française. — *Portrait de femme*, genre de Vestier.

1320. — HEINSIUS. — *Portrait d'homme*, dessin rehaussé.

1321. — DERAIS. — *Portrait de Marie-Antoinette*, gravure coloriée.

1322. — BACKER (*fecit* 1766). — Deux très jolis tableaux formant pendants, *Monuments en ruine*, avec nombreux personnages.

1323. — RAOUX (genre de). — *Portrait de femme* représentée en Flore, très joli cadre en bois sculpté (époque Louis XV).

1324. — CLAUDOT. — Deux très jolis tableaux, *Paysages*, avec nombreuses figures, baguettes en bois sculpté et doré.

1325. — École moderne. — Sujet allégorique.

1326. — VINCENTI. — *Vue de Suisse*, paysage fixé sous verre, signé et daté 1826.

1327. — CLAUDOT. — *Monuments en ruine*, avec personnages (deux pendants).

1328. — École française (genre de Angelica Kauffmann). — *Angélique et Médor*.

1329. — École russe. — *Paysans dansant à la porte d'une Isba*.

1330. — École allemande. — *Cavaliers en marche*.

1331. — J. B. FLUG. — *Danse dans une taverne flamande*. signé 1835.

1332. — CLAUDOT (attribué à). — *Port de mer en Italie*, nombreux personnages.

1333. — WIRTZ. — *Tête de vieillard*.

1334. — DROLLING (d'après). — *Intérieur de cuisine*, reproduction d'après le célèbre tableau conservé au Musée du Louvre.

1335. — École française. — *Vierge*, pastel.

1336. — LATOUR. — *Portrait de femme*, joli pastel avec beau cadre en bois sculpté.

1337. — École française. — Deux *Portraits de femme*, pastels.

1338. — École chinoise. — Douze *Gouaches* peintes sur papier de riz, représentant des supplices.

1339. — École chinoise. — Douze *Gouaches* peintes sur papier de riz, dont cinq à supplices et sept personnages.

1340. — JOSEPH VERNET (d'après). — *La Pêche.*

1341. — École moderne. — *Repos de Pêcheurs*, aquarelle, cadre en bois sculpté.

1342. — KOBBEL. — *Bergères et Animaux aux champs*, dessin aquarelle.

1343. — *Gouache* pour éventail, cadre en bois sculpté (époque Louis XIV).

1344. — KNIP. — *Chardonneret*, peinture à l'huile, cadre bois sculpté.

1345. — SARRAZIN. — *Paysage-gouache*, cadre en bois sculpté.

1346. — D'O (Joséphine). — *Vue d'Écosse*, sepia, signé et daté 1830.

1347. — TENIERS (école de David). — *Paysans dans un estaminet.*

1348. — BASSAN. — *Jésus au Mont des Oliviers.*

1349. — École hollandaise. — *Oiseaux de basse-cour.*

1350. — CASANOVA. — *Officier de cavalerie*, très joli petit tableau de ce maître.

1351. — ROQUEPLAN (genre de). — *Cueillette des ce-*
rises.

1352. — TENIERS (d'après). — *Fumeur.*

1353. — GREUZE (d'après). — *La Savonneuse,* peinture
du temps de Louis XVI.

1354. — BAUDOUIN (d'après). — *La Conviction* (la Fille
surprise).

1355. — VAUMORT (Ed.). — *Le Baiser pris ; le Baiser*
rendu (2 pendants).

1356. — École allemande. — *Paysage.*

1357. — École française. — *Voleur de noix,* miniature sur
ivoire.

1358. — CORNILLE. — *Jeune femme.*

1359. — DUPRA. — *Paysage.*

1360. — École française. — *Paysage.*

1361. — CRÉPIN. — Deux **pet**its *Paysages.*

1362. — BASSANO. — *Travaux champêtres.*

1363. — OS (P. G. Van). — *Animaux au pâturage ; Pas-*
sage du gué, deux très belles aquarelles signées.

1364. — LEBRUN (attribué à). — Sujet mythologique.

1365. — VOIS. — *Portrait d'homme ;* trois autres petits
tableaux.

1366. — NIODEMO (*fecit* 1787). — *Portraits de femme*
et d'enfant, très belle aquarelle.

1367. — HUET. — *Offrande à l'amour ; Prière à l'amour ;*
Berger et Chien, trois gravures en couleur.

1368. — WILLE. — *Femmes de Normandie,* deux gravures.

1369. — *Portrait de Stanislas Leckzinski*, gravure.

1370. — BOUTELOUP. — *Corbeille de fleurs*, deux vases contenant des fleurs, peintures sous verre.

1371. — MOÏSE. — *Belle gravure*, d'après Philippe Champagne.

1372. — DANLOUX (gravure d'après). — *Portrait de Delille*.

1373. — LEBARBIER (deux gravures d'après). — *La Prudence en défaut; Le Mari dupe et content*.

1374. — BOILLY (gravure en couleur d'après). — *Qu'elle est gentille*.

1375. — LAVREINCE (gravure d'après). — *Le Restaurant* (coloriée).

1376. — OUVRARD. — *Peinture trompe-l'œil*, facsimilé-gravure avec verre cassé, dédiée à Monsieur Thouvenel, commissaire des poudres et salpêtres, de Nancy.

1377. — INCONNU. — *Le R. P. Lacordaire prêchant dans la cathédrale de Nancy*, curieux tableau avec nombreux portraits de personnages, notabilités de l'époque.

1378. — LALANDE (1782). Dessins au lavis. — *Stanislas, Roy très admirable a décoré Nancy tous les ans, s'est bâti un trône durable dans les cœurs de ses bons habitants, mort à Lunéville le 23 février 1766 à la 88e année, 4 mois de son âge*.

1379. — *M. François, docteur en médecine à Nancy* (mort en 1781), curieuse caricature au lavis.

1380. — *Dessin sur soie*, exécuté à l'aiguille dans un très joli cadre Louis XIII, sculpté et doré (époque de l'Empire).

1381. — *Six petites gravures* encadrées, des XVIIe et XVIIIe
siècles.

1382. — BAUDOUIN (gravure en couleur moderne, d'a-
près). — *Le Coucher de la mariée*.

1383. — *Canards* et *Perdrix,* deux tableaux formant
pendants.

1384. — Ecole flamande. — *Paysage,* et autre, *Clair de
lune*.

1385. — L. V. ROEDER (1810). — Deux tableaux paysages, formant pendants.

1386. — Van der CABEL. — *Port de Mer*.

1387. — Ecole anglaise. — *L'Espiègle*.

1388. — Ecole allemande. — *Vue des Bords du Rhin,*
paysage.

1389. — Deux gravures, représentant le *Serment du
marquis de Vergennes,* ambassadeur de France,
près du Corps helvétique.

1390. — BAUDOUIN (d'après).— *La Conviction* et autre,
Le Petit Jour.

1391. — Huit gravures dorées, encadrées.

1392. — Six gravures colorées dont une avec cadre en
étain à facettes et deux d'après Wouwermans.

1393. — DEMARNE (deux gravures en couleur, d'après).
— *La Promenade du matin* et la *Promenade
du soir,* gravées par Alix.

1394. — L'*Inauguration de Notre-Dame-de-Lorette,* à
Lorette, gravure très curieuse.

1395. — Sous ce numéro. — Dix-huit tableaux et gravures).

1396. — COLIBERT. — *La Patrie satisfaite,* gravure en couleur.

1397. — Dix gravures anciennes, dont le *Couronnement de Voltaire* et la *Translation des cendres au Panthéon,* quatre petites gravures de chasse et portraits divers.

1398. — CARLE VERNET et DEBUCOURT. — *Famille écossaise,* gravure en couleur.

1399. — CARLE VERNET et DEBUCOURT. — *Courrier anglais,* gravure en couleur.

1400. — BOUCHER et DEMARTEAU. — *Bergère,* gravure-facsimilé de dessin.

1401. — *Cadre,* en bois sculpté avec glace (ép. Louis XVI).

1402. — *Glace, Cadre,* en bois sculpté (ép. Louis XV).

1403. — *Lanterne en fer,* découpé et doré.

1404. — *Glace,* de l'époque Louis XIV, cadre en pâte.

1405. — *Cadre,* en bois sculpté et doré, cintré, formant vitrine.

1406. — *Glace trumeau Louis XVI,* cadre en bois sculpté et panneau décoratif de la même époque.

SCULPTURES

1407. — ADAM. — **Panneau** en stuc, représentant *la Pêche,* composition de cinq enfants dans le goût de Boucher; cadre à feuilles de lauriers, signé Adam (bien conservé).

1408. — **Lot** de Vitraux de couleur, dont quelques-uns à personnages.

1409. — **Feuille** d'écran, damas de soie brodé d'applications de tons divers, et ornements en argent.

1410. — **Couvre-Calice** en soie brodée en argent fin à double face (époque Louis XIV).

1411. — **Tapis** de table, étoffe tissée de métal, imitation de tapis vénitien, avec franges autour.

1412. — Quatre **Rideaux** de l'époque Louis XVI en damas bleu et deux vert.

1413. — Quatre **Rideaux** en damas de soie rouge.

1414. — Deux **Toiles** peintes à la détrempe (époque Louis XIV).

1415. — **Lot** considérable de bois sculpté provenant de meubles, boiseries, rampes d'escalier et décorations diverses, et comprenant de colonnes torses et cannelées, fûts, chapiteaux, socles, panneaux, tabernacles, décoration complète d'un autel sculpté et doré (époque Louis XIV), frises, cadres, chimères, tables et objets divers.

1416. — **Lot** considérable de minéralogie, de coquillages et fossiles.

1417. — **Carreaux** de revêtement (époque Louis XV) en terre émaillée, polychrome représentant « Régiments en marche, Cavaliers et Fantassins », Portraits, Episodes de chasse et Equipages militaires, Art allemand du xviiie siècle.

1418. — **Lot** de ferronnerie ancienne comprenant balcons, grilles, serrures, fiches, appliques, fleurs et feuillages.

1419. — **Lot** de quatre belles plaques en relief, figures allégoriques, terre émaillée d'Augsbourg.

1420. — **Lot** de moulages en plâtre, comprenant des
reproductions des monuments de Nancy,
palais Ducal, porte Désilles, et autres.

1421. — **Lot** de statuettes en plâtre, œuvres d'artistes
lorrains et autres.

1422. — **Statue** en pierre, xviie siècle, Flore.

1423. — Deux **Statues** d'enfants, pierre sculptée ; la Peinture et la Sculpture.

1424. — Deux **Médaillons** bronzés, représentant Louis XV
et Marie Leckzinska.

1425. — CALLOT. — **Buste** en pierre. Travail lorrain du
xviie siècle.

1426. — Deux **Corbeilles**. Travail du xviie siècle. Pierre
sculptée.

1427. — Deux **Bustes** du xviie sicle, Satyres. Pierre
sculptée.

1428. — **Vases** du xviiie siècle. Huit pièces de formes
diverses.

1429. — **Statue**, terre cuite, le Tireur d'épine.

1430. — Plaques de fonte, xviiie siècle, provenant de che-
minées, armoiries et personnages.

1431. — **Quantité** d'objets non décrits au Catalogue.
seront vendus par Lots.

Nancy. — Imp. Nouvelle, 15, rue de Serre.

CARTE D'ENTRÉE

POUR VISITER

L'EXPOSITION PARTICULIÈRE

DE LA

COLLECTION

DE FEU

M. GAUDCHAUX-PICARD

5, rue du Montet, à NANCY

Visible du 2 au 7 Juin 1890, de deux à six heures

Mᵉ LANNE
COMMISSAIRE-PRISEUR
A NANCY

M. GANDOUIN
EXPERT
A PARIS, 31, rue des Saints-Pères